Pferde in Gefahr

Pferde in Gefahr

Gisela Kautz

Mit Bildern

von

Stephanie Wagner

Thienemann

Inhalt

Rätsel um Blacky

RABENELTERN?

»Ihr wollt ohne uns verreisen?« Die neunjährige Nina glaubte sich verhört zu haben. Sie ließ die Gabel mit den letzten fein säuberlich aufgewickelten Spaghettis auf den Teller sinken. Ganz plötzlich schmeckte Nina das Abendessen nicht mehr. »Aber wieso denn? Warum können Mats und ich nicht mit euch fahren?« Verstört sah sie von einem zum anderen. Noch nie waren ihre Eltern ohne sie und den Bruder verreist! »Wir würden euch auch bestimmt nicht stören«, fügte sie beschwörend hinzu und stupste ihren Bruder auffordernd mit dem Ellbogen an. Sag du doch auch mal was, hieß das, aber Mats schwieg.

»Ums Stören geht es doch gar nicht.« Herr Luckner schenkte sich ein Glas Saft ein. »Diese Fahrradtour durch Südfrankreich ist nun einmal nichts für Kinder. Außerdem fahrt ihr doch beide nicht gern mit dem Rad.«

»Eigentlich nicht«, gab Nina zu, »aber in Südfrankreich würde uns das bestimmt Spaß machen. Ehrlich!« Nina erwärmte sich bereits für Ferien auf dem Drahtesel. Bei Sonnenschein die Küste entlangradeln, Blick aufs blaue Meer, erholsame Pausen am Strand, Eis essen, schwimmen …

»Die Tagesetappen betragen zwischen 75 und 100 Kilometer«, sagte Frau Luckner. »Das schafft man nur bei entsprechender Vorbereitung. Und wie Papi schon sagte, ist die Tour nur für Erwachsene gedacht.«

»Und was wird aus uns?« Mats, drei Jahre älter als Nina, meldete sich erstmals zu Wort. »Ich meine, bleiben wir hier und hüten das Haus, oder … oder kommt Omi zu uns, oder fahren wir zu ihr?« Bei diesem Gedanken heiterte sich Mats' Miene auf. Drei Wochen Sommerferien mit der Großmutter wären nicht schlecht.

»Nein, Omi fährt am Montag zur Kur«, machte Frau Luckner diese Hoffnung zunichte.

»Aber ihr könnt uns doch nicht ganz allein zurücklassen!« Nina schwankte zwischen Selbstmitleid und Empörung. Wo gab's denn so was? Eltern, die quietschvergnügt in Urlaub fuhren und ihre Kinder einem ungewissen Schicksal überließen.

»Keine Sorge«, lachte Herr Luckner, »für euch haben wir uns eine besondere Überraschung ausgedacht. Ihr verreist auch, und zwar nach ... nach ...« Herr Luckner machte eine kunstvolle Pause, um die Neugier zu schüren, stand auf, ging zum Telefontisch hinüber und nahm einen Briefumschlag vom dortigen Poststapel. »Ihr fahrt nach ... ah ja, hier haben wir es, ihr fahrt nach Dürrfeld.« Herr Luckner schwenkte den Umschlag und entnahm ihm einen Prospekt. »Na, was sagt ihr dazu?« Erwartungsvoll sah der Vater die beiden an.

Nina und Mats schauten sich entgeistert an. Dürrfeld – wo sollte das denn sein?

Mats fasste sich als Erster. Er kannte doch seinen Vater! Immer versuchte er, sie hinters Licht zu führen. Diesmal würde ihm das nicht gelingen. »Super«, schwärmte Mats los. »Einfach Klasse! Da wollten wir doch immer schon hin! Ach, Nina, stell dir nur vor, drei Wochen in Dürrfeld. Einfach herrlich!« Mats versetzte der Schwester einen aufmunternden Rippenstoß, aber außer einem »Autsch« gab Nina nichts von sich.

Die Eltern hingegen wechselten plötzlich zweifelnde Blicke miteinander. War Mats etwa hinter die sorgfältig gehütete Überraschung gekommen? Aber das war doch nicht möglich!

»Du ... du freust dich auf Dürrfeld?« Herr Luckner musterte seinen Sohn fassungslos.

»Natürlich freue ich mich auf Dürrfeld«, antwortete Mats im Brustton der Überzeugung.

»Ja, und ich mich auch«, stimmte Nina ihm

zu. Die Begeisterung des Bruders wirkte ansteckend. »Aber wo liegt dieses Dürrfeld, und was gibt es da Besonderes?«

»Genau das würde ich auch gern wissen«, prustete Mats los. Zu komisch sahen die Eltern aus.

»Gauner!« Herr Luckner atmete tief durch. »Also, ihr fahrt für drei Wochen nach Dürrfeld auf den Reiterhof Münzner! Die Bestätigung, dass es klappt, kam heute. Na, was haltet ihr davon?«

»Super!«, schrie Nina und sprang von ihrem Stuhl auf. Stürmisch umarmte sie ihren Vater.

»Spitze!«, freute sich Mats und gab der Mutter einen Kuss. »Wann fahren wir? Wo liegt dieses Dürrfeld?«

»Am nächsten Sonnabend«, sagte die Mutter.

»Zwischen Güstrow und Rostock«, beantwortete Herr Luckner den zweiten Teil der Frage.

»Gib doch mal den Prospekt her!« Nina

nahm ihn dem Vater aus der Hand und faltete ihn auseinander. Mats beugte sich interessiert über ihre Schulter.

Hinter ihrem Rücken zwinkerten Luckners sich zu. Ihrer Radtour durch Südfrankreich stand nun nichts mehr im Wege. Nina und Mats waren Pferdenarren. Vor drei Jahren hatten sie mit dem Reiten begonnen. Angefangen hatte alles auf dem benachbarten Ponyhof, doch seit mehr als einem Jahr waren Nina und Mats Mitglieder im städtischen Reitverein und erhielten Reitunterricht. Ninas beste Freundin hatte ein eigenes Pferd, und so saß auch Nina fast täglich im Sattel. Dadurch hatte sie den älteren Bruder im reiterlichen Können bereits überflügelt, was Mats neidlos anerkannte.

Heute räumten Herr und Frau Luckner den Abendbrottisch ab, was sonst die Aufgabe von Nina und Mats war. Aber die beiden waren völlig in den Prospekt vertieft. Später gesellten sich Nina und Mats zu den Eltern ins

Wohnzimmer. Sie sahen gerade Nachrichten. Nina ließ sich neben dem Vater auf die Couch plumpsen. »Guck mal, hier sind die Pferde und Ponys abgebildet.« Sie hielt dem Vater den Prospekt vors Gesicht, sodass Herrn Luckner der Blick auf den Fernsehschirm versperrt war.

»Meine Nachrichten!«, protestierte er. »Außerdem habe ich das Bild schon gesehen.«

»Ach so, ja.« Nina blätterte eine Seite im Prospekt zurück und hielt ihn erneut in Vaters Augenhöhe. »Und hier schreiben sie, dass der Reiterhof nicht für Anfänger geeignet ist, da täglich ins Gelände geritten wird. Ist doch toll, nicht?«

Herr Luckner nickte zerstreut und versuchte, am Prospekt vorbei zum Fernseher zu schielen.

Nina ließ sich davon nicht beeindrucken und redete ununterbrochen weiter. Doch dann kam eine Meldung, die auch sie aufhorchen ließ: »Der zwölfjährige Hengst Shergar aus dem bekannten Gestüt Brickwalde bei Güstrow ist entführt worden.« Ein Bild des wertvollen Tieres wurde eingeblendet. Shergar war ein bildschöner Rappe mit einem auffallenden Stern am Kopf und zwei weißen Fesseln, die aussahen, als trage der Hengst an den Hinterbeinen weiße Socken. Die Entführer verlangten ein hohes Lösegeld, und die Bevölkerung wurde zur Mithilfe beim Auffinden des Hengstes aufgefordert.

»Das ist ja ein Ding!« Frau Luckner schaltete per Fernbedienung den Ton aus, denn der Werbeblock vor der Wettervorhersage interessierte sie nicht. »Jetzt kidnappen die schon Pferde!«

»Immer noch besser als Menschen«, sagte Herr Luckner nüchtern. »Die Verbrecher werden bestimmt schnell gefasst. Ein Pferd zu verstecken dürfte nicht einfach sein.«

»Kann ich mir auch nicht vorstellen«, stimmte Mats dem Vater zu.

»In einer Scheune oder einem einsamen

Gehöft ginge das schon«, meinte Nina und rieb sich dabei überlegend die Nase. »Oder zwischen vielen anderen Pferden auf einer Koppel.«

»Wie dem auch sei, für euch wird es Zeit ins Bett zu gehen!« Frau Luckner griff zur Fernbedienung, als im Fernseher das Satellitenbild der Wetterkarte erschien.

Nina und Mats erhoben sich widerstrebend. In der Beziehung waren die Eltern eisern, zumal während der Schulzeit.

Eine Viertelstunde später rollte sich Nina zufrieden in ihre Bettdecke ein und knipste das Licht aus.

Noch drei Tage Schule und dann endlich Sommerferien. Drei herrliche Wochen auf dem Reiterhof lagen vor ihr. Was würden sie und Mats dort alles erleben?

FERIENBEGINN

»Auf Gleis 5 bitte zurücktreten, die Türen schließen selbsttätig. Vorsicht bei der Abfahrt!« Die Stimme aus dem Lautsprecher hörte sich teilnahmslos an.

Mats und Nina lehnten sich weit aus dem Abteilfenster. »Auf Wiedersehen, Mami!« – »Auf Wiedersehen, Papi!«

»Gute Reise! Viel Spaß!« Der Vater hob grüßend die Hand.

»Vergesst nicht anzurufen, wenn ihr angekommen seid!« Frau Luckner lief neben dem anfahrenden Zug her.

»Wir denken bestimmt dran«, beruhigte Mats sie. »Mach dir keine Sorgen! Ich pass schon auf uns auf!«

Seine Mutter nickte zwar, aber ihr Gesicht blieb sorgenvoll. In den letzten Tagen waren ihr zunehmend Bedenken gekommen, ob es richtig war, die Kinder allein auf den Reiterhof fahren zu lassen. »Und wartet in Osthagen, bis ihr von Herrn Münzner abgeholt werdet. Steigt nicht zu irgendwelchen Fremden ins Auto!« Frau Luckner rannte jetzt neben dem Zug her, der schnell an Fahrt gewann. »Und reitet nicht so wild! Nicht, dass ihr runterfallt und euch was brecht!« Frau Luckner keuchte. »Seid vorsichtig«, rief sie noch, aber das hörten Mats und Nina schon nicht mehr. Fröhlich winkten die beiden, bis die Eltern auf dem Bahnsteig nur noch als zwei kleine Punkte zu erkennen waren.

»Geschafft!« Mats schob das Fenster hoch und ließ sich auf seinen Platz fallen. »Ich hab nicht geglaubt, dass es klappt!«

»Ich auch nicht«, lachte Nina und setzte sich ihm gegenüber. »Schon gar nicht, als Mami gestern noch einmal bei den Münzners anrief, um sich zu erkundigen, wer uns bei den Ausritten beaufsichtigt.«

»Das war ihr fünfter Anruf bei den Münzners in ebenso viel Tagen. Die müssen uns für Säuglinge halten, die keinen Schritt allein tun können!« Mats zog eine Grimasse.

»Das werden bestimmt die herrlichsten Ferien, die wir je erlebt haben! Drei volle Wochen nichts anderes als reiten, reiten und nochmal reiten! Was Schöneres kann ich mir überhaupt nicht vorstellen. Ob wir wohl wirklich jeden Tag ins Gelände dürfen? Vielleicht könnten wir ja auch einmal einen Tagesausflug unternehmen? Mit Picknick und so. Stelle ich mir toll vor, du nicht auch?« Nina beachtete gar nicht, dass Mats sich bereits mit einem belegten Brötchen in der Hand hinter seinem Buch verschanzt hatte, um Ninas Gequassel zu entgehen. »Wie wohl die anderen sind?«, fuhr Nina in ihren Überlegungen fort. »Hoffentlich nett. Was meinst du, Mats?«

Als sie wieder keine Antwort erhielt, zog auch Nina ihr Buch hervor und vertiefte sich darin.

Die Fahrt verging wie im Flug, und Nina war ganz überrascht, als Mats plötzlich aufstand, sich die Krümel von den Jeans klopfte und sein Buch im Koffer verstaute.

»Güstrow«, sagte er, als der Zug hielt. »Die nächste Station ist Osthagen. Hoffentlich holt uns der Münzner wirklich ab.«

Zehn Minuten später bugsierten sie ihr Gepäck den schmalen Gang entlang und warteten an der Tür.

Der Zug verlangsamte seine Geschwindigkeit, durchfuhr eine Kurve und kam mit quietschenden Rädern zum Stehen. »Osthagen« verkündeten schwarze Lettern auf den weißen Schildern des einzigen Bahnsteiges.

»Hier sind wir richtig!« Mats hörte sich zufrieden an und drückte die Türklinke. »Mach schnell, Nina. Der Zug hält hier nur eine Minute.«

Die Aufforderung zur Eile war überflüssig. Vor Aufregung wuchtete Nina ihren Koffer dem Bruder in die Kniekehlen, sodass Mats das Gleichgewicht verlor und sich schneller als geplant – und auf allen Vieren – auf dem Bahnsteig wiederfand. »Pass doch auf, du dumme Gans«, fauchte Mats und rappelte sich auf.

»'tschuldigung!« Übermäßig zerknirscht sah Nina allerdings nicht aus, vielleicht lag es aber auch nur daran, dass sie dabei war ihren Fotoapparat aus der Tasche ihres Jeanshemdes zu ziehen. »Los! Stell dich mit dem Gepäck unter das Bahnhofsschild!«, forderte sie. »Jetzt fangen unsere Ferien richtig an.«

»Und die übliche Fotosafari«, stöhnte Mats. Nach einem Blick auf den menschenleeren Bahnsteig tat er der Schwester den Gefallen.

»Und nun?« Nina verstaute ihre Pocketkamera und sah sich suchend um. »Kein Herr Münzner! Das hab ich mir gedacht!«

»Wir warten«, entschied Mats. »Telefonieren können wir immer noch, wenn ...«

»Achtung auf Gleis 1 b! Der Eilzug aus Lützelin über …« Es rauschte und knackte derart im Lautsprecher, dass die einzelnen Stationen nicht zu verstehen waren. Neugierig sahen Mats und Nina dem einlaufenden Kurzzug entgegen. Wenig später hielt er. Zwei Türen des Zuges wurden geöffnet. Aus der einen kletterte ein dünner, hoch aufgeschossener, rothaariger Junge mit einem Riesenrucksack auf dem Rücken, aus der anderen zwei Mädchen mit großen Reisetaschen. Kaum standen die drei auf dem Bahnsteig, ertönte das Signal zur Abfahrt des Zuges. Eine Minute später war das Räderrollen verklungen.

Die Neuankömmlinge blickten sich suchend um. Der Rothaarige zuckte mit den Achseln, ließ den Rucksack von den Schultern gleiten und zerrte eine große Tüte aus ihm hervor. Voller Appetit biss er gleich darauf in einen Krapfen und hockte sich dann zufrieden kauend auf sein Gepäck. Die beiden Mädchen – die ältere von ihnen hatte langes blondes Haar und einen Busen und war damit

nach Ninas Schätzung mindestens dreizehn Jahre alt – sahen unschlüssig zwischen dem Rothaarigen, Mats, Nina und dem Bahnhofsgebäude hin und her. Dann tuschelten sie miteinander.

»He, ihr da«, wandte sich die Blonde an Mats und Nina. »Wollt ihr vielleicht auch zum Reiterhof Münzner?«

»Ja.« Mats packte seinen Koffer und ging auf die Mädchen zu. Nina folgte ihm. Mats stellte sich und die Schwester vor. »Wir sollten hier abgeholt werden.«

»Wir auch!« Es war immer noch die Große, die das Wort führte. »Ich bin Fränzi, das da ist meine Cousine Anke.«

Anke wurde rot und blickte zu Boden. Sie schien sehr schüchtern zu sein. Nur kurz sah sie auf, als sich nun auch der Rothaarige zu ihnen gesellte. Jojo hieß er. Das war die Abkürzung für Joachim Johannsen.

»Vielleicht wartet der Münzner ja vorm Bahnhof auf uns. Wollen wir nachsehen?«

Sein Vorschlag wurde einstimmig angenommen. Die fünf schleppten ihr Gepäck Richtung Ausgang. Kaum traten sie auf die Straße, entdeckten sie einen Kleinbus, an den sich ein Mann in Jeans und Westernhemd mit einem großen Schild in der Hand lehnte. »Reiterhof Münzner« stand darauf.

»Na bitte«, freute sich Jojo und steuerte auf den Wagen zu.

»Da seid ihr ja!« Herr Münzner begrüßte sie und verstaute dann das Gepäck. »Auf geht's!« Er nahm hinter dem Steuer Platz, und dann ging die Fahrt los. Im Radio lief Unterhaltungsmusik.

»Wie viele Pferde haben Sie eigentlich?«, fragte Mats, um ein Gespräch in Gang zu bringen.

»Zehn«, sagte Herr Münzner. »Vier große und sechs Ponys!«

»Und wer ist außer uns noch da?«, wollte Fränzi wissen.

»Eine sechsköpfige Wandergruppe. Aber

keine Sorge, von denen reitet niemand.« Herr Münzner hatte verstanden, worauf diese Frage abzielte. »Nachher, wenn ihr ausgepackt habt, gehen wir auf die Koppel, und ihr könnt euch jeder ein Pferd oder Pony aussuchen, das ihr reiten möchtet. Und natürlich auch pflegt«, fügte er augenzwinkernd hinzu.

»Klaro!« Jojo nickte zustimmend. »Pferdepflege gehört nun mal zum ...«

»Ruhe!«, schrie Nina plötzlich, und alle fuhren erschrocken zusammen. Was war denn jetzt los? Aber Nina legte nur beschwörend den Finger auf den Mund und deutete zum Radio.

»... sodass sich die für heute geplante Übergabe des Hengstes Shergar verzögert. Es wird angenommen, dass die Täter die von der Polizei geplanten Maßnahmen zu ihrer Ergreifung am Übergabeort bemerkt haben. – Und nun zum morgigen Wetter ...«

»Wo können die ihn bloß versteckt haben?« Nina rieb sich die Nase und blickte die neben ihr sitzende Anke fragend an. Aber die zuckte nur hilflos mit den Achseln.

»Vermutlich haben sie ihn ins Ausland geschafft«, meinte Jojo und fischte den letzten Krapfen aus seiner Tüte.

»Quatsch«, fuhr Fränzi ihn an. »Wie sollen sie Shergar denn dann zur Übergabe parat haben?« Sie maß Jojo mit spöttischem Blick.

Der Rothaarige ärgerte sich.

»Nein, nein!« Fränzi warf energisch den Kopf in den Nacken, sodass ihr langes, blondes Haar ihr über die Schultern fiel. »Shergar ist mit Sicherheit noch in Deutschland und wahrscheinlich sogar irgendwo hier in der Gegend. Darauf kannst du Gift nehmen!«

»Schluck es doch selbst«, knurrte Jojo halblaut und biss wütend in seinen Krapfen. Nina kicherte, und Mats feixte vor Vergnügen. Fränzi tat, als habe sie nichts gehört.

»Das hier ist Dürrfeld«, meldete sich Herr Münzner zu Wort, als die ersten Häuser, die sich an der Hauptstraße dicht zusammendrängten, zu sehen waren.

»Hübsch«, sagte Anke, aber da waren sie schon bei den letzten Häusern angekommen. Dürrfeld war ein winziges Dorf.

Herr Münzner beschleunigte. Die Fahrt ging jetzt vorbei an Feldern, Wiesen und niedrigem Buschwald. Wenig später bog Herr Münzner links ab und fuhr einen breiten Sandweg auf einen großen Bauernhof zu. Er parkte direkt vor dem Wohnhaus, das links und rechts von Scheunen und Stallungen flankiert war. »Es wird euch bei uns gefallen«, versicherte er. »Ah, da ist auch schon meine Frau – und unser Rex!«

»Herzlich willkommen!« Frau Münzner, eine kleine, stämmige Frau mittleren Alters, begrüßte die fünf per Handschlag. »Mats – Nina – Fränzi – Anke – Jojo.« Sie wiederholte die Namen ihrer Gäste, als wolle sie sich diese für alle Zeiten einprägen.

Der Schäferhund bellte unterdessen, was

das Zeug hielt. »Ruhig, Rex! Das sind doch unsere Gäste!« Rex hörte auf zu bellen und beschnupperte die fünf.

»Keine Sorge, er tut nichts«, lachte Herr Münzner, als er Ankes ängstliches Gesicht bemerkte. »Er will euch nur kennen lernen. Als Wachhund muss er schließlich wissen, wer ins Haus gehört und wer nicht.«

»Kommt herein!«, meldete sich seine Frau erneut zu Wort. »Saft und Kuchen stehen schon bereit. Und dann zeige ich euch eure Zimmer. Mats und Jojo wohnen im Giebel, daneben Fränzi und Anke, und Nina bekommt die kleine Kammer am Ende des Ganges.«

Frau Münzner hörte sich sehr energisch an. Nina wagte nicht zu widersprechen, auch wenn sich die »kleine Kammer« nach einem Abstellraum anhörte.

Eine halbe Stunde später – vom Kuchen war nicht ein Krümel übrig geblieben, da Jojo sie sorgfältig mit dem Finger aufgestippt hatte – folgten die fünf Frau Münzner die Treppe hinauf. Nina war die Letzte, der das Zimmer zugewiesen wurde. Kleine Leute übersieht man, dachte sie bitter.

»Na, wie gefällt es dir?« Frau Münzner hielt einladend die Tür am unteren Ende des Gangs auf.

»Ach, ist das wonnig!« Ninas Befürchtungen von Ferien in einer Besen- oder Rumpelkammer verflogen schlagartig. Das Zimmer war winzig. Mehr als Bett, Schrank und ein kleiner Schreibtisch mit Stuhl passten nicht hinein. Aber die hellblauen Bauernmöbel, die blauweiß karierte Bettwäsche und die blütenweißen Raffgardinen vor dem kleinen Dachfenster zum Hof machten das Zimmer anheimelnd und gemütlich.

»Pack schnell aus. Und dann geht es zu den Pferden. Ihr sollt die Vierbeiner nachher noch ausprobieren. Mein Mann will sehen, was ihr könnt, bevor er euch morgen ins Gelände lässt.« Frau Münzner verließ das Zimmer.

Eine Viertelstunde später trafen sich alle unten in der Diele. Mats hatte inzwischen zu Hause angerufen, dass sie gut gelandet waren. Nina hätte das mit Sicherheit vergessen. Sie warf ihrem Bruder einen anerkennenden Blick zu. Neugierig folgte sie dann mit den anderen Herrn Münzner hinaus zu den Koppeln.

»Na, was haltet ihr von ihnen?« Aus Herrn Münzners Stimme klang Besitzerstolz. »Der Braune heißt Hans, der Fuchs Condor, der Rappe mit der breiten Blesse Ferdi und der ganz Schwarze Benno.«

Nina griff nach ihrem Fotoapparat. Ein Bild von den grasenden Pferden und Ponys im Sonnenschein musste sie unbedingt haben.

»Ich nehm den Ferdi«, meldete Jojo seinen Wunsch an, und Mats übertönte ihn: »Und ich den Benno.«

Fränzi fiel sofort in die Pferdeverteilung ein. »Ich reite den Condor, und Anke den Hans«, entschied sie bestimmt.

»Na, das ging ja schnell«, freute sich Herr Münzner und wandte sich dann an Nina. »Welches Pony möchtest du denn reiten?«, fragte er freundlich und verstand nicht, warum Nina plötzlich so brummig aussah. Sie war die Kleinste der fünf. Ganz klar, dass sie auf ein Pony gehörte. Jedenfalls in den Augen von Herrn Münzner.

»Wie wär's mit dem Schecki? Oder lieber das Bärchen? Oder den Rappi?« Herr Münzner gab sich Mühe, Nina eines der Ponys schmackhaft zu machen. Aber Nina schüttelte nur ablehnend den Kopf.

Herr Münzner hatte schon viele Kinder erlebt, die sich nicht entscheiden konnten. »In Ordnung«, sagte er daher bestimmt. »Dann nimmst du den Till. Das ist der Schimmel da drüben. So, und jetzt zeige ich euch, wo das Sattel- und Zaumzeug ist.« Mit großen Schritten lief Herr Münzner in Richtung der Stallungen.

Die anderen folgten ihm eilig. Nur Nina

bummelte missmutig hinterdrein. Immer auf die Kleinen! Alle durften richtige Pferde reiten, nur sie setzte man auf ein Pony! Ungerecht war das! Hundsgemein!

Eine halbe Stunde später war für Nina die Welt wieder in Ordnung. Herr Münzner entschied nach dem Probereiten, dass sie und Anke die Pferde tauschten. Anke würde mit dem sanften Pony Till besser zurechtkommen. Sie saß zwar sehr sicher im Sattel – genau wie die anderen Kinder auch –, aber es fehlte ihr an Durchsetzungsvermögen.

Herr Münzner knipste mit Ninas Kamera eine Aufnahme von den Fünfen hoch zu Ross.

DAS HÖCHSTE GLÜCK DER PFERDE …

Gleich nach dem Frühstück am nächsten Tag wurden die vier Pferde und Pony Till von der Koppel geholt und standen wenig später angehalftert vor dem Stall.

»Mit Striegel und Kardätsche kriegen wir die nie sauber«, sagte Fränzi und musterte missmutig das verfilzte Fell von Condor. »Da könnt ihr Gift drauf nehmen!«

»Nee, lieber Wasser«, konterte Nina schlagfertig.

Jojo verschluckte sich vor Lachen fast an seinem Brötchen, das er sich vom Frühstückstisch als »Wegzehrung« mitgenommen hatte. Auch Mats prustete los. Fränzi tippte sich an die Stirn.

Ninas Vorschlag wurde trotzdem angenommen. Der alte Gartenschlauch, den sie im

Geräteschuppen fanden, war porös, sodass nicht nur die Pferde eine ordentliche Dusche abbekamen.

Eine Stunde später glänzte das Fell der Vierbeiner im Sonnenschein. Geduldig standen sie still, als ihre neuen Besitzer sich schließlich auf ihre Rücken schwangen.

»Wo wollen wir hinreiten? Diesen Weg in Richtung Wald oder den anderen, der wohl zu den Hügeln dort drüben führt?«

Man einigte sich auf den Weg zum Wald, denn es war ganz schön heiß, und die Bäume würden angenehmen Schatten spenden. In flottem Trab ging es voran. Auch den Pferden schien der Ausritt zu gefallen, denn sie prusteten zufrieden durch die Nüstern.

»Wie wär's mit einem Galopp?«, rief Nina, die vorn neben Mats ritt, und drehte sich nach den anderen um.

Dass Nina vorausritt, war Fränzis Vorschlag gewesen. Auf diese Art und Weise konnte sie die Jüngste der Gruppe am besten im Auge behalten. Herrn Münzner war das recht gewesen. Fränzi war die Älteste und in seinen Augen daher die Vernünftigste.

Fränzi fühlte sich wohl in ihrer Rolle als Anführerin und nickte gnädig. »Und im Arbeitstempo, Gaaalopp«, kommandierte sie, als befänden sie sich in der Reitbahn.

Kaum spürte Ninas Brauner die Galopphilfen, buckelte er übermütig und versuchte davonzupreschen. Der Rappe Benno tat es ihm gleich, und auch Fränzis und Jojos Vierbeiner stach plötzlich der Hafer. Nur Ankes Pony zuckte mit keiner Wimper. Gehorsam war es angaloppiert, und ebenso gehorsam ließ es sich zum Halten durchparieren.

Mats und Nina bekamen ihre Pferde schnell unter Kontrolle und versperrten Jojos aufgeregtem Ferdi erfolgreich den Weg. Fränzis Condor jedoch schlug einen geschickten Haken und preschte buckelnd weiter.

»Halt dich fest«, rief Nina ihr noch hinterher, aber da war es schon zu spät. In hohem

Bogen flog Fränzi vom Pferd. Condor bockte mit schlackernden Bügeln und schlotternden Zügeln um die kleine Gruppe herum. Fast sah es so aus, als freue er sich, seine Reiterin losgeworden zu sein.

Es dauerte geraume Zeit, bis Condor sich ausgetobt hatte. Dann ließ er sich einfangen. Hochrot im Gesicht saß Fränzi wieder auf. Mein Gott, war das peinlich! Ausgerechnet sie musste vom Pferd fallen!

Kurze Zeit später erreichten sie den Wald. Angenehm kühl war es hier. Ein kleiner Bach gluckste seitlich des Weges. Die Pferde trabten eines hinter dem anderen mit gespitzten Ohren dahin.

»Oh, seht mal! Dort vorn ist ein kleines Häuschen! Ob dort wohl jemand wohnt? Richtig verwunschen sieht es aus! Wollen wir nicht hinreiten?« Mats' scharfe Augen hatten das noch ziemlich weit entfernte Haus erspäht.

»Au ja!« Nina spornte ihren Hans an. Ver-

wunschen aussehende Häuser waren ganz nach ihrem Geschmack.

Schon bald konnten die fünf das Haus, das sich unter den großen Bäumen zu ducken schien, besser erkennen. Es sah alt und verwahrlost aus.

»Ach verflixt!« Nina parierte den Braunen durch. »Der Bach läuft ausgerechnet hier zwischen uns und dem Haus entlang. Ob die Pferde wohl drüberspringen werden?«

»Aber klar!« Mats musterte das Rinnsal kritisch. »Versuchen können wir es. Ich würde mir das Haus zu gern aus der Nähe anschauen. Es sieht irgendwie geheimnisvoll aus! Wie ein Hexenhaus.«

Anke beschlich ein unheimliches Gefühl. Verstohlen blickte sie sich um. Nicht, dass sie wirklich eine Hexe erwartete, aber unheimlich sah es schon aus! Gerade hier war der Wald besonders dicht, sodass alles in ein grünes Dämmerlicht getaucht war. Hoffentlich weigerten sich die Pferde über den kleinen

Bach zu springen, dachte sie. Dann würde man zurückreiten müssen.

Aber Hans, Benno und Ferdi überwanden den kleinen Graben widerstandslos. Auch Pony Till übersprang ihn mit Leichtigkeit. Jetzt war Fränzi an der Reihe. Condor jedoch gebärdete sich, als habe er einen Dreimetergraben vor sich.

»Reit ihn ein Stück zurück, Fränzi«, riet Mats. »Dann mit Schwung an den Bach ran! Wir traben in Richtung Haus weiter. Wenn er sieht, dass sich seine Stallgenossen von ihm entfernen, wird er schon springen!«

Fränzi nickte, wendete ihr Pferd, ritt zurück, drehte es erneut in Richtung Bach und galoppierte an. Gleichzeitig setzten Nina, Mats, Jojo und Anke ihre Vierbeiner in Bewegung. Condor schnaubte aufgeregt durch die Nüstern und beschleunigte das Tempo. Schon schien es, als wolle er über den kleinen Bach hinwegsetzen, als er es sich in letzter Sekunde anders überlegte. Condor bremste aus vollem

Lauf, stemmte seine vier Beine in den Boden und senkte den Kopf. Fränzi sauste über den Pferdehals hinweg und landete mitten im Bach!

»Jetzt reicht's mir aber endgültig mit dem Vieh!« Fränzi drohte Condor mit der Faust. Der Fuchswallach schien ihre üble Laune zu spüren. Vorsichtig trat er einige Schritte rückwärts, und als Fränzi ihm wütend zurief: »Komm gefälligst her, du Mistvieh!«, drehte Condor sich um und trabte mit hocherhobenem Kopf davon.

»Nun hast du ihn beleidigt!« Nina gluckste vor Lachen. Zu komisch sah die wütende Fränzi im Graben aus. Auch die Jungen lachten schadenfroh. Für einen Augenblick liebäugelte Nina mit der Idee, Fränzi im Bach zu fotografieren. Aber sie ließ es bleiben. Fränzi sah zu zornig aus.

»Wir müssen Condor einfangen«, fasste sich Jojo als Erster und setzte über den Graben zurück. Mats und Nina beteiligten sich ebenfalls an der Verfolgung. Fränzi, die tropfnass aus dem Graben stieg, beobachtete erbost, wie Nina und die Jungen Condor schließlich mit Zuckerstücken lockten. Endlich erwischte Nina ihn.

»Eine Belohnung hat er nun wirklich nicht verdient«, meuterte Fränzi und schwang sich erneut auf Condors Rücken. »Ich hab die Nase gestrichen voll von ihm! Ihr könnt tun und lassen, was ihr wollt. Aber ich reite nach Hause!«

Die anderen hatten Verständnis dafür. Mit nassen Hosen im Sattel zu sitzen war sicherlich nicht angenehm. Fränzi wendete Condor und trabte davon. Das erhebende Gefühl, in der kleinen Gruppe den Ton anzugeben, war verschwunden.

»Bis nachher dann«, rief Nina ihr nach und setzte ihren Braunen in entgegengesetzter Richtung in Bewegung. Mats, Anke und Jojo folgten ihr.

Minuten später drehten sich die vier überrascht um, denn hinter ihnen erklang eiliges Hufgetrappel. Condor hatte ohne Rücksicht auf den Wunsch seiner Reiterin beschlossen, auch am Rest des Ausrittes teilzunehmen, und gab jetzt sein Bestes, um die Gruppe einzuholen. In wilder Hast galoppierte er auf seine Stallgenossen zu, stellte dann fest, dass er sie schneller als vermutet erreichte, und vollführte abermals eine Vollbremsung. Fränzi hatte keine Chance. Zum dritten Mal an diesem Tag schloss sie mit dem harten Boden Bekanntschaft!

Condor würdigte sie keines Blickes. Hoffnungsvoll strebte er auf Nina und ihren Braunen zu. Er hatte sich durchaus gemerkt, von wem er vorhin den Leckerbissen erhalten hatte. Willig ließ er sich am Zügel ergreifen und sah Nina so bittend an, dass sie nicht anders konnte, als ihm das gewünschte Zuckerstück zu reichen.

»Gut so! Belohn ihn noch für seinen Ungehorsam«, murrte Fränzi verärgert. »Wenn das so weitergeht, dann mache ich die Ausritte bald zu Fuß mit, und das Aas frisst Zucker!«

Alle amüsierten sich über Fränzi, die plötzlich gar nicht mehr so erwachsen wirkte.

»Wie heißt es doch so schön? Das höchste Glück der Pferde ist der Reiter auf der Erde«, feixte Jojo, und alle lachten. Auch Fränzi. Nina rechnete ihr das hoch an.

Das verwunschene Haus konnten sie auch ein andermal erforschen. Die Ferien auf dem Reiterhof hatten ja gerade erst begonnen. Einträchtig ritten sie zum Stall zurück. Ein herrlicher Ausritt war es gewesen, dem stimmte selbst Fränzi zu. Ganz besonders, nachdem Nina sich erboten hatte, künftig Condor zu reiten.

EIN AUFREGENDER TAG

»Die haben sich wieder gemeldet«, berichtete Herr Münzner einige Tage später und setzte auf die fragenden Blicke der Reiterfreunde hinzu: »Die Entführer dieses Deckhengstes. Die Übergabe soll nächste Woche erfolgen.«

»Dann lebt er wenigstens noch«, meinte Nina, doch sie schien die Einzige zu sein, die sich für Shergars Schicksal interessierte. »Wenn man nur wüsste, wo sie ihn versteckt haben.«

»Ist doch egal. Hauptsache, sein Besitzer kriegt ihn wieder«, nuschelte Jojo mit vollem Mund und wechselte das Thema: »Wie ist es, wollen wir zum Waldsee reiten und mit den Pferden schwimmen?«

»Klasse Idee«, zollte Mats ihm Beifall, und Fränzi schlug vor, sich mit Lunchpaketen zu versorgen und den ganzen Tag draußen zu verbringen. Auch Anke und Nina waren mit diesem Plan einverstanden.

Münzners erhoben keine Einwände. Sie ließen die Kinder gewähren und freuten sich, dass es ihnen auf dem Reiterhof gefiel. Nina, Mats, Fränzi, Jojo und Anke genossen diese Freiheit. Während sie ihre Vierbeiner putzten, bereitete Frau Münzner die Lunchpakete vor: Brötchen mit Schinken, Käse, Fleischsalat, hart gekochte Eier, Frikadellen, Obst und Getränke. Die Kinder würden bis abends unterwegs sein, und Schwimmen machte hungrig.

Um Punkt zehn Uhr ritten sie vom Hof. Inzwischen kannten sie sich in der Gegend aus. Die Landschaft um den Reiterhof war sehr abwechslungsreich, mit Wäldern, Wiesen, Feldern, Hügeln, einigen Seen und Bächen. Am besten gefiel allen jedoch der »Waldsee«, wie sie ihn getauft hatten, ein kleiner Teich inmitten einer Waldlichtung.

Nach einstündigem Ritt erreichten sie ihr Ziel, und die Pferde und Pony Till spitzten die Ohren. Den Spaß kannten sie! Alle fünf, sogar Condor, der auch unter Nina nicht zu bewegen war über Gräben zu setzen, schätzten das Schwimmen ausgesprochen, und kaum dass ihnen die Sättel abgenommen und die Trensen mit Halfter und Führstrick vertauscht worden waren, strebten sie zufrieden dem See zu.

Bald hatten alle tiefes Wasser erreicht. Herrlich war es, so dahinzuschwimmen, einen Arm um den Pferdehals gelegt und ein bisschen mit den Füßen paddelnd.

Eine halbe Stunde später ließen sie sich zufrieden in der Sonne trocknen. Fränzi, die an der Reihe war, die Pferde zu halten, durchbrach das faule Schweigen: »Meint ihr nicht auch, dass ich sie loslassen kann? Die kennen uns mittlerweile so gut, dass sie bestimmt nicht wegrennen würden …«

Mitten in ihre Worte ertönte heftiges Hufgetrappel, ein herrisches Wiehern, und dann

kam Leben in die eben noch friedlich vor sich hin dösenden Pferde. Allesamt rissen sie mit äußerster Kraft an den Führstricken, als ein dunkler Pferdekörper wie ein Spuk aus dem Wald auftauchte, einen Augenblick mit hoch geworfenem Kopf verhielt und nach erneutem Wiehern wieder verschwand.

»Haaalt! Hier geblieben!«, schrie Fränzi, deren Kraft nicht ausreichte, um die fünf Pferde zu bändigen. Mats und Jojo stürzten ihr zu Hilfe. Aber Benno, Condor und Hans stürmten davon. Lediglich Ferdi und Till erwischten sie noch.

»Verdammt nochmal«, fluchte Jojo und starrte den fliehenden Pferden nach. »Jetzt können wir den ganzen Weg zurück zu Fuß latschen.«

»Hoffentlich laufen sie zum Stall«, rief Anke ängstlich und streichelte ihr Pony.

»Wo sollen sie sonst hin?« Fränzi musterte ihre Cousine kopfschüttelnd.

»Hinter dem anderen Pferd her«, antwortete Nina prompt. »Wer weiß, wo das hingehört.«

»Wir werden's herausfinden«, meinte Mats achselzuckend. »Los, lasst uns zusammenräumen, und dann nichts wie nach Hause.«

Sättel und Zaumzeug der drei untreuen Vierbeiner wurden auf Till und Ferdi geladen, die, nachdem alles verstaut war, wie Lastesel aussahen.

»Mensch, ist das eine Hitze«, jammerte Nina, als sie eine knappe Stunde später den Waldrand erreichten.

»Und von hier brauchen wir mindestens noch einmal eine Stunde, bis wir zu Hause sind«, stöhnte Jojo. Mats, Fränzi und Anke nickten. Zum Sprechen war es einfach zu heiß.

Schweigend liefen die fünf neben Pferd und Pony her.

Plötzlich hob Fränzi den Kopf. »Ich glaub, da kommt ein Auto.«

Sie lauschten. Tatsächlich! Unverkennbar

ein entferntes Motorengeräusch, das sich ihnen zu nähern schien.

»Das ist der Münzner«, rief Mats, der als Erster den Kleinbus am Horizont auftauchen sah. »Ich wüsste nicht, wen ich jetzt lieber sehen würde.«

Kurze Zeit später hatte der Bus Kinder, Pferd und Pony erreicht. Herr Münzner sprang aus dem Wagen. »Gott sei Dank, dass ich euch gefunden habe. Was ist passiert? Jemand verletzt?« Er und seine Frau hatten sich große Sorgen gemacht, als vier reiterlose Pferde auf den Hof stürmten und im Stall verschwanden.

Mit einem Mal kratzte Herr Münzner sich nachdenklich am Hinterkopf. »Komisch«, murmelte er. »Wieso ist der Ferdi hier? Ich hab doch deutlich zwei Rappen, den Fuchs und den Braunen im Stall verschwinden sehen!«

»Aha!«, sagte Nina. »Dann ist das fremde Pferd also unseren hinterhergerannt.«

Und nun erfuhr Herr Münzner den Grund,

weshalb die Pferde sich selbständig gemacht hatten. In der Aufregung hatte er gar nicht gemerkt, dass eines der Pferde nicht in seinen Stall gehörte.

»Na, den Besitzer werden wir schon ausfindig machen«, meinte er zuversichtlich und forderte die fünf auf, Sättel, Zaumzeug und Proviant im Auto zu verstauen.

Jojo und Anke legten den Rest des Weges auf ihren Vierbeinern zurück, während Nina, Mats und Fränzi mit dem Kleinbus vorausfuhren.

Das fremde Pferd hatte sich die leere Box neben Condor ausgesucht, und da es schon unruhig wurde, wenn man in die Nähe seiner Box kam, hielten es alle für ratsamer, ihm nur etwas Hafer in den Futtertrog zu schütten und ihm einen Eimer Wasser hinzustellen.

»Der gehört bestimmt rüber nach Osthagen«, meinte Herr Münzner und musterte das Tier kopfschüttelnd. »Bauer Holler gibt seinen Pferden immer zu wenig zu fressen! Nun schaut euch doch bloß das arme Vieh an, wie es sich auf den Hafer stürzt.«

Tatsächlich fraß der Rappe mit Heißhunger.

»Oh, seht mal! Der ist ja an der Schulter verletzt«, rief Anke mitleidig.

»Ach, das ist nur ein Kratzer!« Herr Münzner winkte ab. »Ist schon fast verheilt. Da muss noch nicht mal Wundspray drauf!«

Er und die anderen musterten das schwarze Pferd von Kopf bis Fuß. Es war ziemlich mager und sah richtig verwahrlost aus. Geputzt worden war es bestimmt seit Wochen nicht.

»Nicht einen einzigen weißen Fleck hat der«, sagte Jojo und biss selbst in die Mohrrübe, die er aus dem Futterwagen für sein Pferd geholt hatte. Und dann schrie Nina plötzlich auf: »Aber das ist ja ein Hengst!«

»Musst du deswegen so schreien?« Fränzi war sichtlich erschrocken. »Warum soll's kein Hengst sein?«

»Weil ... ich ... ich weiß nicht.« Nina spürte, wie sie rot wurde. Für den Bruchteil einer Sekunde war ihr der abenteuerliche Verdacht durch den Kopf geschossen, das fremde Pferd könnte der entführte Hengst Shergar sein. Fast gleichzeitig wurde ihr bewusst, dass das unmöglich war. Dieser Rappe wies keinerlei Abzeichen auf. Er war kohlrabenschwarz. »Weil ... weil das irgendwie ungewöhnlich ist«, endete sie lahm.

»Quatsch!«, erwiderte Fränzi. »Hengste sind keineswegs ungewöhnlich, und dieser da schon gar nicht! Darauf kannst du ...«

»... Gift nehmen«, fiel Jojo ihr ins Wort und sah Fränzi herausfordernd an. »Ich finde es allerdings auch ungewöhnlich, dass uns ein Hengst zugelaufen ist.«

»Ich auch«, unterstützte Mats ihn. »So viele gibt's schließlich nicht!«

Sogar Anke war dieser Meinung, was Fränzi besonders übel nahm.

Herr Münzner schmunzelte. »Wir werden

schon herausfinden, wem er gehört«, meinte er zuversichtlich und wandte sich zum Gehen.

Aber Bauer Holler in Osthagen vermisste kein Pferd, und auch der Polizei, mit der Frau Münzner telefonierte, lag keine Mitteilung über einen entlaufenen Hengst im Landkreis vor. Einer der Polizeibeamten schlug vor, es mit einer Anzeige in der regionalen Tageszeitung zu versuchen.

Münzners telefonierten noch am gleichen Nachmittag mit dem *Kurier*. Schon am morgigen Freitag würde die Annonce erscheinen.

Nina war mit dem Text der Anzeige allerdings gar nicht einverstanden. »Rapphengst zugelaufen«, lautete er kurz und bündig, und dann folgte die Telefonnummer des Reiterhofs. »Aber da könnte ja jeder kommen, den Hengst einfach verladen, und weg ist er«, protestierte sie aufgeregt.

»Keine Sorge!« Frau Münzner hörte sich entschlossen an. »Wer auch immer behauptet, das fremde Pferd gehöre ihm, wird sich bei mir ausweisen müssen! So leicht bin ich nicht hinters Licht zu führen!«

Nach dem Abendessen verzog Nina sich in ihr Zimmer. Mats und die anderen sahen fern. Auch die sechsköpfige Wandergruppe, die von früh bis spät die Gegend durchstreifte, hatte es sich im Fernsehraum gemütlich gemacht.

Nina hatte keine Lust fernzusehen. Sie wollte allein sein. Unablässig kreisten ihre Gedanken um den fremden Hengst. Shergar konnte es nicht sein, das stand schon mal fest. Aber irgendetwas an diesem Pferd war ungewöhnlich. Nina war sich sicher, einem Geheimnis auf der Spur zu sein.

DIE NACHT IM STALL

Es war stockdunkel, als Nina erwachte. Gähnend tastete sie nach dem Schalter der Nachttischlampe und kniff die Augen zusammen. Ein Blick auf ihren Wecker: kurz vor Mitternacht. Schon wollte Nina das Licht löschen und sich auf die andere Seite rollen, um weiterzuschlafen, als ihr auffiel, dass sie voll angezogen auf dem Bett lag. Da kehrte die Erinnerung zurück, und Nina war plötzlich hellwach. Sie setzte sich auf und umschlang mit den Armen ihre Knie. In dieser Stellung konnte sie am besten nachdenken. Irgendetwas war ihr an dem fremden Hengst ungewöhnlich vorgekommen. Aber was? Nina runzelte angestrengt die Stirn, versuchte sich das Aussehen des Rappen in Erinnerung zu rufen. Aber es gelang ihr nicht. Da half nur eins!

Nina schwang entschlossen die Beine aus dem Bett. Sie würde jetzt hinüber in den Stall gehen und sich das fremde Pferd noch einmal ganz genau ansehen. Bevor sie nicht wusste, was ihr an ihm aufgefallen war, würde sie doch nicht wieder einschlafen können.

Leise zog Nina die Schublade des Nachttisches auf und holte ihre Taschenlampe hervor. Dann schlich sie auf Zehenspitzen zur Tür, öffnete sie und spähte auf den dunklen Flur. Im Schein der Taschenlampe tappte sie die Treppen hinunter. Auf der Kommode in der Diele lagen die Schlüssel für Haus und Stallungen. Geräuschlos sperrte sie die Haustür auf, zog sie hinter sich ins Schloss. Geschafft!

Nina knipste die Taschenlampe aus. Im Mondschein war der Weg zum Stall gut zu erkennen. Doch schon nach wenigen Schritten blieb sie wie angewurzelt stehen. Was war das? Eine dunkle Schattengestalt kam lautlos um die Hausecke, stürmte auf sie zu. Ninas Herz klopfte plötzlich, als wolle es zerspringen. Fast hätte sie laut aufgeschrien. Dann erkannte sie den vermeintlichen Angreifer.

»Rex, ich bin's! Nicht bellen!«, flüsterte sie. »Du hast mich vielleicht erschreckt.« Liebevoll strich sie ihm über Kopf und Rücken. »Aber ich bin froh, dass du da bist. Komm mit.«

Rex wedelte mit dem Schwanz, begleitete das Mädchen hinüber zum Stall und wartete, bis Nina das Tor aufgeschlossen hatte. Aber er folgte ihr nicht hinein. Seine Aufgabe war, Haus und Hof zu bewachen.

Nina knipste das Stall-Licht an. Die Pferde hoben die Köpfe, prusteten aufgeregt durch die Nüstern, spitzten hoffnungsvoll die Ohren. Benno wieherte.

»Beruhigt euch«, lachte Nina unterdrückt. »Es steht kein Mitternachtsritt bevor. Aber wartet, ihr bekommt ein Betthupferl.«

Nina griff in den Futterwagen, in dem Äpfel, Mohrrüben und trockenes Brot aufbewahrt wurden. Benno, Ferdi, Hans und Condor zermalmten zufrieden die unverhoffte Zusatzration.

Danach stellte Nina sich vor die Box des fremden Hengstes und sah ihn durch die Gitterstäbe hindurch an.

Diesmal stand der Rappe ruhig und unbeweglich. Er schien sich bereits eingewöhnt zu haben. Die Nähe seiner Artgenossen und die Stunden der Ruhe im Stall hatten ihre Wirkung getan. Armer Kerl! So ganz ohne Stroh in der Box! Ob sie es wagen konnte, ihm die Box einzustreuen? Was, wenn er biss und ausschlug? Nina überlegte hin und her, doch schließlich siegte das Mitleid mit dem Hengst.

Nina zerrte zwei Strohballen herbei und öffnete vorsichtig die Boxentür. Beim leisesten Anzeichen von Gefahr würde sie ihr Vorhaben sofort aufgeben, dachte sie, aber da zog sich der Rappe bereits in die hinterste Ecke der Box zurück. Offensichtlich hatte er vor ihr genauso viel Angst wie sie vor ihm, und diese Erkenntnis ließ Nina mutiger werden.

Mit ruhigen Bewegungen schob sie das Stroh in seine Box und verteilte es, wobei sie es sorgfältig vermied, ihm zu nahe zu kommen. Dabei sprach sie beruhigend auf ihn ein.

Der Rappe spitzte die Ohren, rührte sich jedoch nicht vom Fleck.

Als Nina fertig war, schloss sie aufatmend die Boxentür. Ob er wohl ein Stück Brot von ihr annehmen würde?

Der Hengst verfolgte jede ihrer Bewegungen, als sie zum Futterwagen ging und ihm ein Stück Brot in den Futtertrog legte. Ihre Nähe schien ihm unheimlich zu sein. Erst als sie einige Schritte zurückwich, strebte er hastig nach vorn, nahm das Brotstück und zog sich schleunigst wieder zurück in seine Ecke.

Nina grinste. Ein ganz schöner Feigling war er! Aber verfressen! Schon nach dem dritten Stück Brot blieb der Schwarze erwartungsvoll am Futtertrog stehen. Mit weichen Lippen nahm er vorsichtig den Knust von Ninas flach ausgestreckter Hand.

Ohne lange zu überlegen, öffnete Nina nach dem fünften Stück die Boxentür und hielt ihm auffordernd einen weiteren Leckerbissen hin.

Mit gespitzten Ohren schwenkte der Schwarze zu ihr herum. Sein Misstrauen war verschwunden. Genüsslich kauend rieb er seinen Kopf an Ninas Schulter. Vorsichtig hob Nina die Hand, um ihm über Stirn und Nase zu streichen. Aber der Rappe wehrte ab. Gegen Hals- und Schultertätscheln erhob er jedoch keine Einwände. Und das Kraulen hinter den Ohren schien er richtig zu genießen. Vor Behagen schloss er dabei die Augen.

Nina musterte den Hengst aufmerksam. Was war es nur, was ihr an ihm aufgefallen war? Irgendeine Besonderheit. Es fehlte etwas. Der Hengst hatte kein Brandzeichen! Weder an der linken Hals- oder Schenkelseite noch an der rechten. Das war ungewöhnlich. Alle Pferde, die sie kannte, hatten Brandzeichen, an denen man erkennen konnte, welcher Rasse sie angehörten. Ein fehlendes

Brandzeichen konnte also nur bedeuten, dass der Hengst nicht reinrassig war. Das war ihr zwar egal, aber damit stand fest, dass es sich bei dem fremden Pferd um kein wertvolles Tier handelte. Nina seufzte ein bisschen. Das spannende Gefühl, einem Geheimnis auf der Spur zu sein, war verflogen.

»Also, bis morgen!« Nina strich dem Schwarzen noch einmal zärtlich über den Hals und schloss seine Boxentür. Wenig später lag der Stall wieder im Dunkeln. Unbemerkt gelangte Nina ins Haus. Rex war nirgends zu sehen.

HIER STIMMT ETWAS NICHT

Während des Frühstücks am nächsten Tag läutete das Telefon.

»Reiterhof Münzner«, meldete sich Frau Münzner. »Hallo? Hallo?« Schließlich legte sie den Hörer auf und schüttelte ärgerlich den Kopf. »Wenn ich eines nicht leiden kann, dann sind das Leute, die sich verwählen und dann ohne Entschuldigung auflegen«, murrte sie.

Den nächsten Anruf nahm Mats entgegen. »Hier Reiterhof Münzner«, meldete er sich. Die Antwort war ein Knacken in der Leitung. Auch dieser Anrufer hatte aufgelegt, ohne sich zu melden.

»Blödmann«, schimpfte Mats und lief hinüber zum Stall, wo die anderen bereits auf ihn warteten.

Fränzi, Jojo und Anke, die auf der Stallgasse standen, drehten sich zu ihm um und legten warnend die Finger auf den Mund. Neugierig trat Mats näher.

»Ihr braucht nicht zu flüstern«, sagte Nina, die dem fremden Rappen den Hals tätschelte. »Er hat keine Angst mehr. Und lieb ist er obendrein!«

Wie um das zu bestätigen, schnoberte der Hengst durch die Nüstern. Dann senkte er den Kopf, damit Nina es bequemer hatte, ihn hinter den Ohren zu kraulen.

Weder Mats noch den anderen kam es in den Sinn, sich zu wundern, wann Nina mit dem Schwarzen Freundschaft geschlossen hatte, und sie erhoben auch keine Einwände, als das Mädchen erklärte, dass es die Pflege des Hengstes übernahm, solange er im Reiterhof blieb.

Herr Münzner, der wenig später den Stall betrat, war damit einverstanden.

»Könnte ich ihn nicht auch reiten?« Nina

bürstete das linke Vorderbein des Rappen und sah hoffnungsvoll zu Herrn Münzner auf. »Ich meine, wenn er länger hier bleibt, dann muss er doch Bewegung haben. Nicht dass er uns eine Kolik bekommt.«

»Eine Kolik?« Herr Münzner hörte sich ungläubig an. »So schnell geht das nun auch wieder nicht.« Aber als er Ninas enttäuschtes Gesicht bemerkte, fügte er hinzu: »Wollen mal sehen. Ich nehme ihn nachher an die Longe, und wenn er dann brav ist, darfst du aufsitzen.«

Nina schenkte ihm ein strahlendes Lächeln. »Spitze! In spätestens einer halben Stunde bin ich soweit.«

So ganz wohl fühlte sich Herr Münzner angesichts dieses Versprechens nicht in seiner Haut. Der Hengst gehörte ihm nicht, und er kannte ihn nicht.

Doch Herrn Münzners Sorge war vollkommen unbegründet. Der Schwarze, der sich widerstandslos hatte trensen und satteln lassen, entpuppte sich als verlässliches Reittier. Brav trabte und galoppierte er an der Longe rund um Herrn Münzner herum, und auch als Nina ihn schließlich erklomm, blieb er gelassen und ausgeglichen. Der Hengst hatte ein ausgesprochen friedliches Naturell.

Schließlich willigte Herr Münzner sogar ein, dass Nina mit ihm ausritt. Nina, die einen Narren an dem fremden Pferd gefressen hatte, war selig. Sie reichte ihm ihren kleinen Fotoapparat, und Herr Münzner machte eine Aufnahme von ihr hoch zu Ross.

Als die fünf gleich nach dem Mittagessen vom Hof ritten, führte Nina mit dem Rappen die Gruppe an.

»Was haltet ihr davon, wenn ich ihn Blacky nenne?«, fragte sie die anderen. »Irgendwie muss er doch heißen.«

»Ja, das klingt gut«, stimmte Anke ihr sofort zu, während Fränzi für Fury plädierte, was jedoch Mats und Jojo überhaupt nicht gefiel. Es blieb also bei Blacky, und da der Rappe schon bei der ersten persönlichen Anrede die Ohren spitzte, schien er mit seinem neuen Namen durchaus einverstanden zu sein.

Kein Zweifel, der Ausritt gefiel dem Schwarzen. In flottem Trab ging es die Feldwege entlang. Beim anschließenden Galopp einen Hügel hinauf streckte sich Blacky, steigerte das Tempo und erreichte mit mehreren Längen Vorsprung die Anhöhe. Nina strahlte vor Stolz.

»Wenn die Felder abgeerntet wären, könnten wir ein richtiges Wettrennen veranstalten«, keuchte sie und parierte zum Halten durch. »Ich wette, Blacky würde haushoch gewinnen. Er ist unheimlich schnell!«

Die anderen nickten. So schnell wie Blacky war keiner ihrer Vierbeiner den Hügel hinaufgestürmt.

Insgeheim war Mats froh, dass es zu keinem Wettrennen kommen konnte.

»Hübsch sieht das von hier oben aus.« Fränzi ließ den Blick zufrieden über die sommerliche Landschaft wandern.

»Von hier aus kann man sogar Dürrfeld sehen!« Mats deutete mit der Hand nach links. »Zumindest den Kirchturm.«

»Ja, und die Landstraße sieht aus, als winde sich eine dicke, graue Schlange durch die Felder«, sagte Jojo und steckte sich einen Kaugummi in den Mund. Anke schüttelte sich bei diesem Vergleich.

»Was war denn das?« Ein kurzes Aufblitzen hatte Nina geblendet. Sie warf einen prüfenden Blick zum Himmel. Sollte etwa ein Gewitter im Anmarsch sein? Aber der Himmel wies keinerlei dunkle Wolken auf, noch nicht einmal kleine Schäfchenwolken trübten das strahlende Blau. »Habt ihr das auch gesehen?«

Die anderen verneinten.

»Vielleicht hat sich eine Glasscherbe im Sonnenlicht gespiegelt«, meinte Mats gleichgültig und nahm die Zügel auf. »Lasst uns weiterreiten.«

Einer hinter dem anderen ging es den Hügel hinab und dann im Trab auf den Wald zu.

Plötzlich wieder so ein merkwürdiges Aufblitzen. Diesmal hatten es auch die anderen gesehen.

»Vielleicht beobachtet uns jemand durchs Fernglas«, mutmaßte Jojo, und Nina fühlte sich plötzlich unbehaglich.

»Wer sollte uns denn beobachten? Und wozu?« Sie waren etwa sechs Kilometer vom Reiterhof entfernt, schätzte sie. Was, wenn ihnen hier in der Einsamkeit irgendjemand auflauerte …?

»Vermutlich irgendwelche Wanderer, vielleicht sogar die Gruppe vom Reiterhof«, unterbrach Mats ihre abenteuerlichen Gedanken nüchtern. »Die beobachten mit Vorliebe Vögel, und wahrscheinlich haben sie uns dabei aus Versehen ins Visier gekriegt.«

Diese Erklärung leuchtete Nina ein. Erneutem Aufblitzen schenkte sie keine Beachtung mehr.

Es war spät geworden, als sie an diesem Abend mit den Pferden den Reiterhof erreichten. Nur noch eine Viertelstunde bis zum Abendessen. Pizza sollte es geben, und die durfte schließlich nicht im Backofen verbrutzeln. Nina und die anderen beeilten sich mit der abendlichen Pferdepflege: absatteln, Trensengebiss reinigen, Sattellage trockenreiben, Pferdebeine abspritzen, Hufe einfetten und fertig!

Nina musterte Blacky unzufrieden. Ganz sauber waren die Hinterbeine nicht geworden. Na, machte nichts. Sie würde ihn morgen gründlich putzen. Als Letzte verließ sie den Stall, verschloss ihn und folgte den Freunden an den gedeckten Tisch.

Heute wurde im Garten gegessen. Auch die Wandergruppe hatte sich eingefunden.

»Na, hattet ihr einen schönen Tag?«, fragte Frau Faller.

»Wir haben euch oben auf dem Hügel gesehen.« Herr Faller hob sein Bierglas und trank in tiefen Zügen.

»Durchs Fernglas«, erklärte seine Frau. »Und das auch nur, weil die beiden Herren sich so für euch, die Pferde und den Reiterhof interessierten. Was die alles wissen wollten!«

»Welche beiden Herren?«, fragte Nina.

»Ach, irgendwelche Urlauber.« Herr Faller winkte ab. Ihm waren die beiden Männer und noch mehr ihre vielen Fragen auf die Nerven gefallen.

Da erschien Frau Münzner mit einem großen Pizzablech, und vergessen waren die beiden wissbegierigen Wanderer.

In dieser Nacht schlief Nina unruhig. Immer wieder schreckte sie aus den absonderlichsten Träumen hoch. Und dann schlug Rex unten im Hof an. Nina fuhr mit einem Ruck in die Höhe und knipste ihre Nachttischlampe an. Was war denn da draußen los? Nina sprang aus dem Bett, riss das Fenster auf und beugte sich hinaus. Das Hoflicht ging an, die Haustür wurde geöffnet, und Herr Münzner rief: »Hallo? Ist da jemand? Rex, hierher! Rex, bei Fuß!«

»Was ist los?« – »Ist was passiert?« Aus zwei Fenstern im ersten Stock spähten Gäste in den Hof hinunter.

»Alles in Ordnung«, beruhigte sie Herr Münzner. »Rex hat wahrscheinlich einen Fuchs vertrieben. Schlafen Sie nur ruhig weiter.«

Nina beobachtete, wie er sich zu dem Hund hinabbeugte, ihm etwas aus der Schnauze nahm und ihm lobend die Schulter klopfte. Rex wedelte.

»Gute Nacht allerseits.« Herr Münzner hob grüßend die Hand und verschwand dann im Haus. Das Hoflicht erlosch.

Nina schloss ihr Fenster und tappte zum Bett. Herr Münzner hatte gelogen! Sie hatte ganz deutlich gesehen, dass er Rex ein Stück Stoff aus dem Maul genommen hatte, und das konnte nur eines bedeuten, nämlich dass Rex einen Einbrecher gestellt hatte! Aber wer hatte in den Reiterhof einbrechen wollen? Und warum verschwieg Herr Münzner das? Hier stimmte etwas nicht, doch Nina wusste auf keine ihrer Fragen eine Antwort.

ENTDECKUNGEN

An diesem Morgen wurde das Frühstück später als gewohnt eingenommen. Schuld daran war die nächtliche Ruhestörung. Es war bereits kurz nach zehn Uhr, als die Wandergruppe in der Diele ihre Lunchpakete in den Rucksäcken verstaute.

»Einen schönen Tag auch«, wünschte Ehepaar Münzner und schloss hinter den Gästen die Tür.

Frau Münzner ging zurück in die Küche, während ihr Mann noch kurz ins Frühstückszimmer schaute. »Herrliches Wetter«, verkündete er vergnügt. »Wohin wollt ihr heute reiten?«

»Wissen wir noch nicht«, meinte Jojo. »Mal sehen, wohin unsere Vierbeiner uns tragen.«

»Was war das eigentlich für ein Fetzen, den Sie Rex gestern Nacht abgenommen haben?«, stellte Nina die Frage, die ihr am meisten auf der Seele brannte.

Für einen Augenblick stand Herr Münzner starr. Dann hatte er sich wieder in der Gewalt. »Was für ein Fetzen denn? Ich habe Rex nichts abgenommen. Da musst du dich geirrt haben.«

Mats, Jojo, Fränzi und Anke bedachten Nina mit spöttischen Blicken. Seit sich die fünf am Frühstückstisch getroffen hatten, war die Ruhestörung in der vergangenen Nacht Thema Nummer eins gewesen. Mats, Jojo, Fränzi und Anke hatten es sehr bedauert, das nächtliche Abenteuer verpasst zu haben. Immerhin hatte Rex einen Einbrecher gestellt, ihm Ninas Bericht zufolge sogar ein Stück aus der Hose gerissen! Und nun entpuppte sich das Ganze als Phantasiegebilde!

»Ihr könnt Gift drauf nehmen, dass Rex

heute Nacht überhaupt nicht gebellt hat«, lachte Fränzi. »Nina hat bloß geträumt!« Jojo und Mats feixten.

Nina warf ihnen einen wütenden Blick zu. Aber da nahm Herr Münzner sie in Schutz.

»Nein, nein«, versicherte er. »Rex hat tatsächlich angeschlagen. Wahrscheinlich hat er einen Fuchs verscheucht. Er ist wirklich ein ganz ausgezeichneter Wachhund. Und nun macht's gut. Ich muss los. Einen schönen Tag noch!« Herr Münzner schien es plötzlich eilig zu haben.

Nina kam nicht dazu, weiter über Herrn Münzners merkwürdiges Verhalten nachzudenken, denn Mats, Jojo, Fränzi und sogar Anke nahmen sie wegen ihrer »blühenden Phantasie« gehörig auf die Schippe.

Schließlich wurde es Nina zu bunt. Mit einem Ruck stand sie auf und marschierte hocherhobenen Kopfes aus dem Zimmer. Blöd waren die! Gemein! Sie hatte ganz genau gesehen, dass Herr Münzner Rex einen Stoff-

Fetzen aus dem Maul genommen hatte! Warum leugnete er das?

Drüben im Stall schlüpfte Nina zu Blacky in die Box, umschlang mit beiden Armen seinen Hals und drückte ihr Gesicht in sein weiches Fell. Sie war sauer und gekränkt, weil ihr niemand glaubte.

Der Rappe stand geduldig still, schnoberte hin und wieder durch die Nüstern. Mit sicherem Instinkt spürte er Ninas Kummer.

»Und es war doch ein Stoff-Fetzen«, sagte Nina trotzig. Blacky hob den Kopf und spitzte die Ohren. »Ich bin doch nicht blind! Und jetzt gehe ich und suche ihn. Und wenn ich ihn gefunden habe, dann werden mir die anderen schon glauben.«

Nina tätschelte Blacky den Hals und verließ seine Box. Unschlüssig blieb sie auf der Stallgasse stehen. Wo sollte sie ihre Suche beginnen? Wo würde Herr Münzner den Stoff-Fetzen verbergen? Hoffentlich nicht in seinem Schlafzimmer. Würde er ihn überhaupt aufheben? Als Beweisstück? Oder hatte er ihn einfach weggeworfen? Nina nahm sich vor, erst einmal die Mülltonnen zu inspizieren.

Kaum hatte sie den Stall verlassen, hörte sie Mats, Jojo, Anke und Fränzi kommen. Nina versteckte sich hinter der Scheune und ließ die vier an sich vorbeiziehen. Bevor sie das Beweisstück nicht in den Händen hielt, wollte sie ihnen nicht begegnen.

Ninas Suche nahm geraume Zeit in Anspruch. Die beiden Mülltonnen vorn am Zufahrtsweg erwiesen sich als Nieten. Der Abfalleimer in der Küche wurde auch nicht zum Treffer. Verdammt! Irgendwo musste das Stückchen Stoff doch abgeblieben sein! Vielleicht im Keller? Nina lauschte auf die Geräusche im Haus. In der oberen Etage wurde gesaugt. Das war Frau Münzner. Und wo war ihr Mann?

Leise stieg Nina die Kellertreppe hinunter. Dunkel war es hier. Das Licht einzuschalten traute Nina sich nicht. Als sie das Ende der

Treppe erreichte, atmete sie auf. Außenlicht drang durch die Kellerschächte.

Nina öffnete die Tür linker Hand. Knarrend gab sie nach. Aha, die Waschküche. Fehlanzeige, kein Stoff-Fetzen. Also die nächste Tür. Vorratskammer. Reihen von Eingemachtem in Gläsern, und von der Decke baumelten Schinken und Würste. Im nächsten Raum lagerten Koffer, Decken, alte Gartenstühle. Auch nichts. Nina öffnete die letzte Tür und befand sich im Heizungskeller. Wieder nichts! Enttäuscht schloss Nina die Tür. Wo sollte sie jetzt noch suchen?

Langsam stieg sie die Treppe hinauf, blieb oben in der Diele stehen. Unschlüssig sah sie sich um. Links lagen Wohnzimmer, Küche und Frühstücksraum. Geradeaus befand sich die Haustür, und rechts ging es in den Keller und in das kleine Büro der Münzners. Nina spähte vorsichtig hinein und atmete auf. Von Herrn Münzner keine Spur.

Mit zitternden Händen tastete Nina über

die Papiere auf dem Schreibtisch, öffnete Schubladen, schloss sie wieder. Nichts! Der Wandschrank. Bücher, Aktenordner, Zeitschriften. Wieder nichts! Nina wollte schon aufgeben, als ihr Blick auf den Papierkorb neben dem Schreibtisch fiel. Zerknülltes Papier, und darunter ... Nina schrie unterdrückt auf. Obwohl sie nach dem Stoff-Fetzen gesucht hatte, war sie erschrocken, ihn zu finden! Vorsichtig zog sie ihn hervor, betrachtete ihn atemlos. Etwa zehn Zentimeter lang und vielleicht drei Zentimeter breit. Hellgrauer Stoff, an der linken Seite rostbraun verfärbt. Nina schüttelte sich. Bestimmt getrocknetes Blut! Wie gut, dass sie den Stoff-Fetzen an der anderen Seite angefasst hatte. Rex hatte den Einbrecher voll erwischt. Nina zog ein Taschentuch aus ihren Jeans, wickelte ihren Fund ein und verstaute ihn in der Hosentasche. Ein triumphierendes Lächeln huschte über ihr Gesicht. Die anderen würden sich wundern! Von wegen blühende Phantasie!

Im Sturmschritt lief sie hinüber zum Stall. Dort wartete jedoch eine herbe Enttäuschung auf sie: Die Boxen von Hans, Ferdi, Till und Benno waren leer!

Blacky hob den Kopf, spitzte die Ohren und prustete durch die Nüstern. Aber Nina achtete nicht auf ihn. Wo waren Mats, Jojo, Fränzi, Anke und die Pferde? Vielleicht auf der Koppel? Nina verließ den Stall, schirmte die Augen gegen die Sonne ab. Auf der Koppel grasten nur Condor und die Ponys. Nina rieb sich überlegend mit dem Finger über den Nasenrücken. Wo waren die anderen? Ins Gelände geritten, ohne sie? Das konnte doch nicht wahr sein! Feine Reiterfreunde waren das!

Mit hängenden Schultern kehrte Nina zum Stall zurück. Bis zum Mittagessen dauerte es noch zwei Stunden. Wie sollte sie bis dahin nur die Zeit totschlagen? Blacky, der durch die Nüstern prustete, lieferte unfreiwillig die Antwort. Sie würde den Rappen erst einmal auf Hochglanz putzen.

Nina führte ihn in die Stallgasse und machte sich mit Feuereifer an die Arbeit. Blacky stand zufrieden still. Nur als sie mit der Kardätsche auch über Stirn und Nase streichen wollte, hob er unwillig den Kopf. Nina zerrte ihn am Halfter wieder zu sich herab und versuchte es mit Überredungskünsten, aber Blacky zeigte sich unzugänglich. Zwar spitzte er interessiert die Ohren und erweckte den überzeugenden Anschein, jedes Wort seiner Pflegerin zu verstehen, aber sowie Nina die Hand mit der Bürste hob, wich er mit dem Kopf nach oben aus und entzog sich ihrer Reichweite.

»Der Klügere gibt nach«, knurrte Nina schließlich und bearbeitete seine linke Seite mit Striegel und Kardätsche. Blacky stand wieder mustergültig still. Die Prozedur wurde auf der anderen Seite wiederholt. Nina bürstete Vorder- und Hinterbeine. An den hinteren Fesseln saß Dreck. Es dauerte, bis auch dort das Fell glänzte. Ganz so seidig, wie sie es haben wollte, wurde es trotzdem nicht. Nina stand stöhnend auf. So, jetzt noch mit dem Wolltuch überstreichen und die Mähne kämmen – fertig!

Aufatmend trat Nina zwei Schritte zurück und betrachtete stolz ihr Werk. Doch die Freude währte nur kurz. Blacky schüttelte sich ausgiebig, und die Mähne war so wirr wie zuvor.

»Willst du das wohl lassen, du … du …« Mit Mühe unterdrückte Nina ein Schimpfwort. Und dann musste sie lachen. Bei ihren Worten war Blacky zusammengezuckt. Richtig schuldbewusst sah er aus.

»Ist schon gut, macht nichts!« Nina tätschelte ihm aufmunternd den Hals, fuhr dann mit der Hand über die Sattellage und wollte die Versöhnung eigentlich mit einem abschließenden Klaps auf sein Hinterteil beenden, als ihre Finger auf seinem Rücken eine rauhe, schorfige Stelle ertasteten. Satteldruck? Das fehlte noch!

Nina war nicht groß genug, um auf Blackys Rücken zu schauen. Ein Schemel schaffte Abhilfe. Zwei Minuten später betrachtete sie die Sattellage von oben, fuhr noch einmal mit den Fingern darüber und schüttelte überlegend den Kopf. Satteldruck konnte diese scharfzackige Narbe nicht verursacht haben. Wahrscheinlich stammte sie von einer schweren Verletzung, die Blacky früher einmal davongetragen hatte. Armer Kerl! Nina stieg vom Schemel, führte Blacky zurück in seine Box und schloss die Tür.

Ein prüfender Blick auf die Uhr. Noch immer mehr als eine Stunde bis zum Mittagessen! Schrecklich, aber nicht zu ändern. Na gut, würde sie sich jetzt eben faul in einer der Gartenliegen herumräkeln.

Nina hielt es nicht einmal zehn Minuten in ihrem Liegestuhl aus. Es war einfach zu heiß. Sie brauchte dringend ein schattiges Plätzchen, um sich abzukühlen! Wenn doch die anderen endlich zurückkämen!

Nina beschloss hinters Haus zu gehen und nach ihnen Ausschau zu halten, und erhob sich stöhnend.

Hinterm Haus dehnten sich Getreidefelder. Die Sonne brannte unbarmherzig. Nichts von den untreuen Reiterfreunden zu sehen.

Von einem der Bäume am Zufahrtsweg aus müsste sie einen guten Überblick haben, überlegte Nina, und schattig war's dort auch. Trotz der Hitze setzte sie sich in Trab, um schneller in den kühlenden Schatten der Bäume zu kommen.

Nina kletterte einen bis unten hin verästelten Baum hoch. Ziemlich weit oben fand sich eine Astgabel. Nina machte es sich auf ihr bequem, ließ die Beine baumeln und schaute ins Land. Ganz egal, von wo die Reiterfreunde auch kommen würden, von hier aus würde sie sie sofort entdecken.

Was die vier wohl zu ihrem Fund sagen würden? Ob das wirklich getrocknetes Blut war? Nina begutachtete den Stoff-Fetzen von allen Seiten. Es war Blut, entschied sie schließlich. Es musste Blut sein! Rex hatte den Dieb verletzt, als er ihn ins Bein biss. Oder in den Hosenboden? Nein, sicherlich ins Bein. Aber warum hatte Herr Münzner gelogen? Ach, wenn die anderen doch endlich kämen!

Zehn Minuten vergingen. Eine Viertelstunde. Zwanzig Minuten. Es war nicht zum Aushalten! Mussten die vier denn so lange im Gelände bleiben? Nina schaute immer wieder auf ihre Armbanduhr. Die Zeiger krochen förmlich über das Zifferblatt. In einiger Entfernung Motorengeräusch. Dann wieder Stille. Noch nicht einmal die Vögel zwitscherten. Lautlos glitten sie über die Landschaft, schwebten in die Getreidefelder ein, schwangen sich wieder in die Lüfte. Nina schaute ihnen zu, spürte, wie Müdigkeit in ihr hochkroch. Doch mit einem Mal war sie hellwach. Da war es wieder, das Aufblitzen eines Fernglases in der Sonne.

Nina schob einen Zweig beiseite, um besser

sehen zu können, und dann ließ sie ihn erschrocken zurückschwingen. Zwei Männer kamen den Zufahrtsweg entlang. Was suchten sie hier? Neugierig beugte Nina sich vor. Jetzt standen die beiden still. Der eine blickte angespannt durch ein Fernglas. Nina schaute in die gleiche Richtung wie der Fremde, konnte jedoch nichts entdecken. Nun gingen beide weiter. Jetzt kamen sie auf die Baumgruppe zu. Fehlt nur noch, dass sie auf meinen Baum klettern, dachte Nina und hielt die Luft an.

Aber nach Klettern war den beiden Männern ganz offensichtlich nicht zumute. Der Hagere mit dem Feldstecher hinkte und stützte sich schwer auf seinen Wanderstock, und der andere war ziemlich dick. Jetzt waren sie unter Ninas Baum hindurch, bewegten sich nach links, dem Ende der Baumgruppe zu. Dort hielten sie an. Wieder schaute der eine durch sein Fernglas, stupste dann seinen Begleiter an, sagte etwas, das Nina leider nicht verstehen konnte. Offenbar hatte er

etwas entdeckt, das ihn interessierte. Nina schaute in die gleiche Richtung, kniff die Augen zusammen, und dann sah sie weit draußen auf den Feldern die vier Reiter auf ihren Pferden, die im Trab dem heimischen Stall zustrebten. Na endlich! Wurde auch Zeit! Aber wieso interessierten sich die beiden Fremden für Mats, Jojo, Fränzi und Anke?

Plötzlich war Nina überzeugt, dass die Männer irgendetwas im Schilde führten. Und dann schoss ihr ein abenteuerlicher Gedanke durch den Kopf. Vielleicht war der, der humpelte, ja der Einbrecher von gestern Nacht? Wenn sie ein Foto von ihm hätte …

Leise zog Nina die kleine Kamera, die sie immer bei sich trug, aus der Tasche ihres Jeanshemdes. Vorsichtig schob sie den störenden Zweig beiseite, um die Fremden besser vor die Linse zu bekommen. Der Augenblick war günstig. Die beiden traten bereits den Rückweg an, unterhielten sich miteinander. Ein leises Klicken, als Nina den Auslöser betätigte.

Als die beiden ihren Baum passierten, drangen Gesprächsbrocken zu ihr hoch: »... zu viert« – »Zeit drängt« – »noch einmal probieren ...« Die Stimmen entfernten sich. Nina hätte etwas darum gegeben zu erfahren, was die beiden im Schilde führten.

Sie wartete noch einige Minuten, bevor sie ihren luftigen Sitz verließ. Geschickt kletterte sie den Baum hinab, klopfte sich unten die Jeans sauber und lief den Reiterfreunden entgegen. Vergessen war ihr Ärger auf die vier. Es gab so viel zu berichten!

Und diesmal erntete Nina keinen Spott! Mats, Jojo, Fränzi und Anke hörten ihr staunend zu, betasteten einer nach dem anderen den Stoff-Fetzen. Kein Zweifel, die rostbraunen Flecke waren getrocknetes Blut, davon waren auch die anderen überzeugt. Fränzi sagte sogar, dass sie Gift drauf nehmen könnten! Jemand hatte wirklich versucht in den Reiterhof einzubrechen! Wie gut, dass Nina den vermutlichen Täter fotografiert hatte! Der andere war bestimmt sein Komplize, und vielleicht steckten die beiden mit dem Münzner sogar unter einer Decke? Anke wurde ganz blass bei Jojos Vermutung.

»Nee, das ist völlig ausgeschlossen«, wehrte Mats im Brustton der Überzeugung ab. »Beim Komplizen einzubrechen und sich von dessen Hund beißen zu lassen wäre hirnrissig! Der Münzner muss einen anderen Grund haben, warum er den Einbruch vertuscht hat.«

»Aber was gibt es im Reiterhof denn Wertvolles, was sich zu stehlen lohnt?«, fragte Nina. »Ich meine, das ist doch kein Ort, an dem sich Gäste mit teurem Schmuck oder viel Geld aufhalten.«

»Vielleicht haben sie es auf die Pferde abgesehen?« Jojo blies nachdenklich eine Kaugummiblase.

»So wertvoll sind die nun auch nicht«, meinte Mats. »Und außerdem! Klau mal fünf Pferde und sechs Ponys! Da brauchst du einen

Großraumtransporter, um dich mit der Beute aus dem Staub zu machen!«

»Und wenn sie nur Blacky stehlen wollten?« Nina sprach den ersten Gedanken aus, der ihr durch den Kopf schoss. Gleich darauf verwünschte sie ihre flinke Zunge.

»Was soll denn an dem mageren Gestell wertvoll sein?«, erkundigte Fränzi sich höhnisch. »Ganz egal, warum die versucht haben einzubrechen, von jetzt an heißt es, Augen und Ohren offen halten! Schließlich haben wir es mit Verbrechern zu tun! Und kein Wort zu Herrn Münzner, bis wir wissen, warum er uns angelogen hat!«

Anke rieselte ein eisiger Schauer über den Rücken.

So wachsam sie auch waren, in den nächsten Tagen geschah nichts, was das Aufsehen der Kinder erregt hätte. Die beiden Männer, die Nina belauscht und fotografiert hatte, ließen sich nicht blicken.

Auch das verwunschene Haus im Wald, das

sie durchstöberten, barg keine Geheimnisse. Das ganze Haus war leer gewesen, bis auf zwei alte Blecheimer, die im Erdgeschoss in einer Ecke standen. Auf dem Boden des einen hatten sich einige Haferkörner befunden. Am aufregendsten war noch die zerborstene Tür gewesen, die windschief in den Angeln hing, auf die sie sich aber keinen Reim machen konnten.

IN GEFAHR

»Ich verstehe einfach nicht, dass Blackys Besitzer sich nicht meldet«, sagte Frau Münzner und stellte eine Platte mit knusprig gebratenen Schnitzeln in die Mitte des Tisches. »Greift zu«, forderte sie die fünf auf und reichte Jojo als Erstem die Schüssel mit Kartoffelsalat.

»Vielleicht ist sein Besitzer verreist?« Jojo bediente sich reichlich mit Salat und wählte dann das größte Schnitzel auf der Platte.

»Quatsch«, fuhr Fränzi ihn an. »Wenn Blackys Besitzer wirklich Urlaub machen würde, dann hätte er den Schwarzen zu jemandem in Pflege gegeben. Und der würde Himmel und Hölle in Bewegung setzen, um Blacky wiederzufinden. Darauf …« Fränzi verschluckte den Rest des Satzes.

»Genau!« Frau Münzner war Fränzis Meinung. »Über eine Woche ist er nun schon hier! Am besten, wir geben noch einmal eine Anzeige auf!«

Nina war das gar nicht recht. Von ihr aus konnte Blackys Besitzer für immer verschollen bleiben, mindestens aber bis zum Ferienende.

»Heute Nachmittag findet übrigens das Dorffest in Dürrfeld statt«, sagte Frau Münzner. »Wie ist es? Wollt ihr nicht mitfahren?«

Nina, Mats und die anderen sahen sich unschlüssig an.

»Und was wird da so geboten?«, forschte Jojo undeutlich mit vollem Mund.

»Also, der Marktplatz ist wunderschön mit Blumen geschmückt. Und dann tritt die Trachtengruppe auf. Außerdem spielen mindestens zwei Musikkapellen. Manchmal kommt sogar die Feuerwehrkapelle aus Osthagen. Und der Bürgermeister ist auch da!« Frau Münzner stellte fest, dass ihre jugendlichen Gäste nicht sonderlich beeindruckt waren. »Ja, und Schnitzel und Bratwürste gibt es und Kuchen natürlich. Und Eis!«

Frau Münzners Gäste starrten auf ihre Teller. In ihren Ohren hörten sich die Aktivitäten dieses Dorffestes tödlich langweilig an. Aber wie sollten sie das ihrer Gastgeberin erklären, ohne sie zu beleidigen? Mats räusperte sich. Erwartungsvoll sahen die anderen ihn an. Aber Mats schwieg. Dann hustete Jojo und zerrte ein Taschentuch aus den Jeans. Himmel, war das eine peinliche Situation.

»Das hört sich wirklich nett an«, meldete Anke sich überraschend zu Wort, und Nina, Fränzi, Mats und Jojo hoben ruckartig die Köpfe. Wenn Blicke hätten töten können ... »Ich ... ich meine, dass sich alle Dürrfelder treffen und zusammen feiern, äh, und ... sich mal richtig unterhalten und so.« Anke holte tief Luft. »Aber wir kennen da ja niemanden. Und ... und ... da würden wir vielleicht nicht so gut dazupassen, nicht?«

»Also möchtet ihr lieber hier bleiben«, stellte Frau Münzner lächelnd fest. Die Botschaft war angekommen, und alle atmeten erleichtert auf. Jojo knüllte seine Serviette zusammen und stand hastig auf. Die anderen folgten seinem Beispiel.

»Abendessen gibt es heute etwas später«, rief Frau Münzner ihnen noch nach. »Ich stelle euch Kuchen und Kekse ...« Aber da waren die fünf schon verschwunden.

»Nichts wie weg«, japste Mats draußen und lief im Sturmschritt auf den Stall zu. »Nicht, dass sie es sich anders überlegt!«

Nina, Jojo, Fränzi und Anke rannten lachend hinter ihm her. So schnell waren die Pferde und Pony Till noch nie gesattelt worden. Im Trab ging es vom Hof. Kaum hatten sie den Feldweg erreicht, setzten sie ihre Vierbeiner in Galopp. Alle fünf hatten das Gefühl, auf der Flucht zu sein! Weit draußen auf dem Feldweg parierten sie schließlich atemlos zum Schritt durch.

»Das hätten wir geschafft«, freute Mats sich. »Wohin wollen wir heute reiten?«

»Zum Schwimmen!«, lautete die einstimmige Antwort. Wie immer trugen sie Badesachen unter Jeans und T-Shirts.

Im Trab ging es dem Waldrand zu. Die Pferde spitzten die Ohren. Pony Till schnaubte durch die Nüstern und beschleunigte das Tempo, um mithalten zu können.

Da war es wieder, das Aufblitzen eines Fernglases in der Sonne.

»So langsam gehen die mir auf den Geist«, schimpfte Fränzi. »Möchte wissen, was die so interessant an uns finden. Aus welcher Richtung kam es diesmal?« Und als Jojo hinüber zu den Hügeln deutete, befahl Fränzi: »Alles anhalten, zum Hügel gucken und Zungen rausstrecken!«

Mats, Jojo und Nina folgten diesem Kommando prompt. Sie platzten fast vor Lachen. Nur Anke fühlte sich gar nicht wohl in ihrer Haut.

»Nun wissen die doch wenigstens, was wir von ihnen halten«, grinste Fränzi zufrieden und setzte ihren Hans erneut in Bewegung.

In bester Stimmung trafen sie am Waldsee ein und stürzten sich zusammen mit ihren Vierbeinern unter viel Gelächter und Gekreische in die kühlen Fluten. Hinterher lagen sie faul im Gras und ließen sich von der Sonne trocknen.

Nina hob lauschend den Kopf. War das ein Auto gewesen? Hier, mitten im Wald? Nein, sie hatte sich wohl getäuscht. Nina wälzte sich auf den Bauch und sah zu den Pferden hinüber, die von Jojo gehalten wurden. Hans schien zu schlafen, Benno und Ferdi grasten, Till sah starr auf den Teich hinaus, und Blacky verscheuchte Fliegen mit seinem langen Schweif. Sein schwarzes Fell glänzte seidig im Sonnenlicht. Nina setzte sich auf und umschlang mit beiden Armen ihre Knie.

Merkwürdig, dass sich Blackys Besitzer nicht meldete. Überhaupt, alles war irgendwie merkwürdig. Die beiden Männer mit ihrem Fernglas, die sie ständig zu beobachten schienen. Der versuchte Einbruch im Reiterhof. Herrn Münzners Lüge. Das Gespräch, das sie belauscht hatte. Das Haus im Wald mit der zerborstenen Eingangstür ... Nina seufzte. Auf all dies konnte sie sich keinen Reim machen. Versonnen glitt ihr Blick über Blackys Körper, und ihre Gedanken schweiften ab. Ganz schön zugenommen hatte der Rappe. Kein Wunder, bei dem Appetit! Nina lächelte. Blacky war verfressen, fast so wie Jojo! Und er war eindeutig das hübscheste Pferd von allen! Rabenschwarz. Nicht ein einziger weißer Fleck am ganzen Körper ... Nina hielt mitten in ihren Gedanken inne. Kein weißer Fleck stimmte. Aber seine Hinterbeine waren trotz mehrfachen Badens und gewissenhaften Putzens immer noch nicht sauber! Nicht zu fassen! Sahen irgendwie dunkelgrau aus, als ob Staub in ihnen saß.

Nina stemmte sich hoch. Das musste sie

sich aus der Nähe ansehen! Mit wenigen Schritten erreichte sie das Pferd. Jojo legte fragend den Kopf zur Seite. Aber Nina beachtete weder ihn noch die anderen, die lang ausgestreckt in der Sonne lagen. Prüfend fuhr sie mit der Hand über Blackys Hinterbeine. Trocken! Knochentrocken! Aber hier unten, an den Fesseln, fühlten sie sich komisch an … Nina ging in die Hocke. Und dann sah sie es! Am Haaransatz der Fesseln wuchs ganz fein weißes Haar nach. Weißes Haar! Nina wurde schwindelig. Heiß und kalt lief es ihr über den Rücken, und ihr Herz begann wie rasend zu klopfen.

»Jojo!« Mehr als ein heiseres Krächzen brachte Nina nicht zustande. Und dann lauter: »Mats! Mats!«

Die anderen fuhren hoch und eilten herbei. Was um alles in der Welt war geschehen?

Mit zitternden Fingern deutete Nina auf Blackys Hinterbeine. »Fühlt mal! Guckt genau hin!«

»Wie... wieso ... wächst ... d... da weißes Haar n... nach?«, stotterte Fränzi.

»Weil seine Fesseln gefärbt sind und Blacky der entführte Hengst Shergar ist!« Ninas Augen blitzten. »Er muss es sein! Die Kidnapper haben seine Abzeichen gefärbt! Am Kopf auch! Vorsicht, er lässt sich da nicht anfassen!« Jojo machte nämlich Anstalten, diese Behauptung zu überprüfen. »Ganz rau ist sein Fell dort. Ich dachte, es wäre dreckig. Aber das ist es nicht!« Nina griff nach den Zügeln des Rappen. »Ich wette, dass auch dort weißes Haar nachwächst!«

Fränzi drängte sich vor. Jojos ärgerliches »He, pass doch auf, Mensch« ignorierte sie. Fränzi hatte nicht nur eine spitze Zunge, sondern auch spitze Ellenbogen. Sie stieß fast mit der Nase an Blackys Stirn. Tatsächlich, wenn man wusste, wonach man suchte, erkannte man auch hier ganz schwach und größtenteils vom Mähnenschopf verdeckt feines weißes Stichelhaar!

Einer nach dem anderen begutachtete Blackys Stirn. Kein Zweifel, hier wuchs langsam der ursprüngliche weiße Stirnfleck nach! Die fünf sahen sich schweigend an. Anke fühlte, wie sich auf ihren bloßen Armen Gänsehaut bildete.

»Deswegen haben sie also versucht, im Reiterhof einzubrechen!« Jojo ging ein Licht auf. »Aber woher wussten sie, dass Shergar dort war?«

»Durch die Annonce natürlich! Sie brauchten nur anzurufen und dann im Telefon- oder Branchenbuch nachzusehen, wo sich der Reiterhof Münzner befindet.«

»Genau!«, stimmte Fränzi Mats lebhaft zu. »Und vorher hatten sie Blacky, nein, Shergar im Waldhaus versteckt. Daher die Blecheimer mit den Futterresten und die zerborstene Tür. Shergar ist ihnen ausgebüxt!«

Nina und die anderen nickten. Wie die Teile eines Puzzles fügten sich die bisher unerklärlichen Beobachtungen ineinander.

»Der Münzner kann nichts damit zu tun haben! Weiß der Henker, warum er gelogen hat. Die wirklichen Täter sind die beiden Männer, die uns ständig durch ihr Fernglas beobachten«, sagte Mats.

»Und wir haben ihnen auch noch die Zungen rausgestreckt!« Jojo spuckte entsetzt sein Kaugummi aus. »Bestimmt sind sie stocksauer auf uns!«

»Vorhin war da ein Auto im Wald!«, sagte Nina mehr zu sich selbst als zu den anderen. »Zumindest hörte es sich danach an ...« Unsicher brach sie ab. Ging ihre Phantasie mit ihr durch? Und wenn nicht? Dann befanden sie sich alle in größter Gefahr. »Los, satteln! Nichts wie weg von hier!«, schrie sie aufgeregt.

»Ja, aber wieso denn?« Fränzi war restlos verwirrt. Zu viel war in den letzten Minuten auf sie eingestürmt. Unschlüssig trat sie einige Schritte zurück und blieb dann wie angewurzelt stehen.

»Keinen Mucks!« Schwere Hände legten sich auf ihre Schultern. Fränzi schrie auf. Die anderen wirbelten zu ihr herum. Und dann standen alle starr vor Entsetzen.

Woher kamen plötzlich die beiden Männer? Strumpfmasken verhüllten ihre Gesichter. Nina erkannte sie trotzdem! Kein Zweifel, das waren die Unbekannten, die sie belauscht hatte! Mats machte einige Schritte auf Fränzi zu, blieb dann aber stehen. Er wagte nicht ihr zu Hilfe zu kommen. Jojo umklammerte hilflos die Zügel der Pferde, und Anke presste angstvoll die Hände vor den Mund. Die Kidnapper!

»Bring das Pferd her«, herrschte der Dicke Nina an, und als das Mädchen zögerte, brüllte er: »Na, wird's bald?«

Nina kämpfte mit den Tränen. So nahe waren sie dran gewesen, Blacky, nein, Shergar zu retten, und nun war die Chance vertan. Wären sie doch nicht ausgerechnet heute zum Schwimmen an den Waldsee geritten! Auf freiem Feld wären sie auf ihren Pferden den

Entführern in jedem Fall überlegen gewesen. Auf freiem Feld! Ein abenteuerlicher Gedanke fuhr ihr durch den Kopf, und ihre Tränen versiegten.

»Ich komm ja schon«, murmelte sie, schlug die Augen nieder und gab sich Mühe, hilflos und ängstlich auszusehen. Mit einem Ruck schlug sie Blacky die Zügel über den Hals, griff mit der linken Hand ins Zaumzeug und zog den Rappen vorwärts. Sie ging an Anke und Jojo vorbei und schwenkte dann ein wenig nach links, auf Mats zu.

»Hierher sollst du kommen«, schimpfte der Hagere mit dem Stock aufgebracht.

»Mats! Hilf mir rauf!«, schrie Nina plötzlich. »Maaats!!!« Und dann ging alles ganz schnell.

Mats handelte wie in Trance. Er sah nur den Rücken seiner Schwester, ihr linkes Bein, im Knie gebeugt, der Unterschenkel ihm wie ein Hebel zugewandt. Er wusste, was das bedeutete. So ließ Nina sich zu Hause von ihm mit

Vorliebe hinauf auf große Pferde heben! Mats packte zu ohne nachzudenken. Schwung – und hoch! Nina landete auf Blackys blankem Rücken, raffte die Zügel zusammen und presste die bloßen Beine in Blackys Seiten. »Vorwärts! Vorwärts!«, spornte sie ihn an. Und dann ritten sie in wildem Galopp von der Lichtung.

»Halt! Stehen bleiben! Willst du wohl sofort zurückkommen!«, brüllten die beiden verdutzten Männer.

Aber Nina beachtete sie nicht. So schnell sie konnte ritt sie den Waldweg entlang. Sie musste freies Feld erreichen, dann war sie in Sicherheit!

AUF DER FLUCHT

Als Nina auf Blacky in gestrecktem Galopp davonpreschte, gerieten die anderen Pferde in höchste Aufregung. Nur Pony Till gehorchte Ankes leichtem Zügelzug und blieb brav neben ihr stehen. Jojo hingegen hatte alle Hände voll zu tun, um Hans, Ferdi und Benno daran zu hindern, ihr Heil ebenfalls in der Flucht zu suchen. »Mats, hilf mir! Maaats!«, brüllte Jojo verzweifelt. An die Kidnapper dachte er überhaupt nicht mehr. Mats und Fränzi auch nicht. Sie eilten ihrem Freund zu Hilfe und griffen nach den Zügeln der aufgeregten Pferde.

»Ruhig, Hans, brav!« Obwohl Fränzis Stimme alles andere als beruhigend klang, gehorchte der Wallach sofort und gab seine Fluchtpläne auf. Auch Benno und Ferdi beruhigten sich. Die beiden Rappen prusteten durch die Nüstern.

Ebenso plötzlich, wie die Aufregung gekommen war, war sie vorüber. Der Wind raschelte in den Blättern. Kaum hörbar schwappten kleine Wellen gegen das Ufer des Teiches.

»Wo sind die Kidnapper?« Mats schüttelte benommen den Kopf und sah sich suchend um.

»Weg!«, sagte Anke. Sie hatte als Einzige den Rückzug der Männer beobachtet. »Da sind sie langgelaufen!« Sie deutete in die Richtung, in die auch Nina mit Blacky verschwunden war.

»Satteln! Auf die Pferde!«, kommandierte Jojo. »Sie werden versuchen Nina und Blacky auf dem Weg zum Reiterhof abzufangen. Bestimmt wissen sie, dass Münzners auf diesem vermaledeiten Dorffest sind.« Jojo wuchtete Ferdi den Sattel auf den Rücken.

Minuten später schwangen die vier sich in

die Sättel. Die über die Lichtung verteilten Jeans, T-Shirts und Schuhe sowie Blackys Sattel ließen sie liegen. Eile tat Not. Nina war in Gefahr!

Mats klopfte energisch mit den Beinen gegen Bennos Bauch. Der Rappe setzte sich in Bewegung. Ein, zwei Tritte im Trab, dann fiel er in Galopp. Hans, Ferdi und Pony Till folgten ihm, als seien sie mit ihm durch Stricke verbunden.

Nina, reite nicht zum Stall!, beschwor Mats in Gedanken seine Schwester. Bleib draußen im Gelände! Da bist du in Sicherheit! Nicht zum Stall! Bitte!

Dumpf dröhnten die Hufe auf dem weichen Waldboden. In gestrecktem Galopp erreichten sie den Waldrand, und im selben Moment entdeckte Mats Nina und Blacky.

»Nina! Nina!« Noch nie hatte er sich so gefreut, sie zu sehen!

Nina winkte den Freunden zu, die im Trab auf sie zuritten.

»Mensch, Nina, bin ich froh!« – »Ich hatte solche Angst um euch!« – »Und wir erst um dich!« – »Wir haben es geschafft!«

Auch die Pferde freuten sich einander wiederzusehen. Sie schnoberten und prusteten durch die Nüstern, als tauschten sie Neuigkeiten untereinander aus.

»Jetzt reiten wir zurück und alarmieren die Polizei«, meinte Fränzi schließlich vergnügt. Sie wendete Hans in Richtung Stall.

»Das werden wir ganz bestimmt nicht tun«, sagte Mats. »Ich wette, die Kidnapper versuchen, uns vorher abzufangen. Die lassen uns nie und nimmer unbehelligt auf den Reiterhof gelangen!«

»Das habe ich mir auch schon überlegt«, stimmte Nina ihm zu. »Ich dachte, wir reiten rüber nach Dürrfeld. Dorffest! Bürgermeister! Feuerwehrkapelle! Ich wüsste nicht, wo wir sicherer wären!« Sie zwinkerte den anderen verschmitzt zu.

Die anderen schwiegen einen Augenblick

verblüfft, dann brachen sie in schallendes Gelächter aus. Einen besseren Abschluss für das Abenteuer konnten sie sich nicht vorstellen.

Wie gewohnt ritten Mats und Nina vorneweg. In flottem Trab strebten sie ihrem Ziel zu.

Die kurze Ruhepause hatte Nina gut getan, aber es dauerte nicht lange, bis sich die Innenseiten ihrer Schenkel schmerzhaft in Erinnerung brachten. »Nie wieder reite ich ohne Sattel«, stöhnte sie, und Mats grinste.

»Mit Sattel und bloßen Beinen ist es auch nicht besser. Scheuert höllisch. Kannst du noch?«

»Geht schon.« Nina biss die Zähne zusammen.

Nach einer Weile sagte sie: »Mats! Ich zerbreche mir schon die ganze Zeit über das Brandzeichen den Kopf. Wenn Blacky Shergar ist, muss er doch eins haben.« Und als Mats mit gerunzelter Stirn nickte, fragte sie:

»Gibt es vielleicht Pferde, die ihr Brandzeichen in der Sattellage haben?«

»Klar gibt es die!« Mats warf ihr einen überraschten Blick zu. »Hast du das nicht gewusst? Ich dachte, es wäre dir bei Blacky aufgefallen und …«

»Du hast das Brandzeichen bei Blacky gesehen und mir nichts gesagt?« Nina parierte den Rappen zum abrupten Halt durch. »Ja, spinnst du denn total? Ich hab gedacht, er hätte eine Narbe auf dem Rücken!«

»Was ist nun schon wieder los?« Jojos Ferdi prallte fast gegen Blackys Hinterhand. Fränzis Hans bremste ebenfalls, und das Mädchen fiel ihm auf den Hals. Mühsam hangelte es sich zurück in den Sattel.

»Was ist denn?«, fragte Anke ängstlich. Nach noch mehr Aufregung stand ihr nicht der Sinn. Und wieso sah Nina so wütend aus?

»Ach nichts! Schon vergessen!«, grinste Nina und klopfte Blacky auffordernd mit den Fersen gegen den Bauch. Und als Mats in schallendes Gelächter ausbrach, stimmte sie ein.

Jojo, Fränzi und Anke lachten mit, ohne zu wissen, warum, und trieben die Pferde wieder zur Eile an.

Die Blasmusik auf dem Dorffest war schon von weitem zu hören. Sie war so laut, dass sie das Hufgetrappel auf dem Kopfsteinpflaster übertönte und die fünf Reiter den Marktplatz unbemerkt erreichten.

Als sie um die Ecke bogen, brach die Musik ab, und verwunderte Köpfe drehten sich den Kindern auf ihren Pferden zu. Ein Raunen ging durch die Festbesucher, Münzners sprangen von ihren Plätzen auf und eilten den Kindern entgegen.

Nina, Mats, Jojo, Fränzi und Anke sprachen wild durcheinander, und es dauerte ein wenig, bis sie verstanden wurden. Doch dann verbreitete sich die Neuigkeit wie ein Lauffeuer. Die fünf Kinder hatten den entführten Hengst Shergar gerettet! Die Kidnapper waren hinter ihnen her! Manch einer spähte über die Köpfe der Menschenmenge hinweg, als könnten die Gangster jeden Moment auf dem Marktplatz erscheinen.

Der Bürgermeister übernahm schließlich die Initiative. Er benachrichtigte erst einmal die Polizei und gleich darauf das Gestüt Brickwalde.

Unterdessen wurden die Helden des Tages mit Kuchen, Eis und Getränken überschüttet. Auch die Pferde kamen nicht zu kurz. Unmengen von Zuckerstücken verschwanden in ihren Mägen.

»So schön war das Dorffest noch nie!«, sagte Frau Münzner ein über das andere Mal, und alle stimmten ihr zu.

»Und so aufregend auch nicht«, schmunzelte ihr Mann. Er lachte überhaupt sehr viel an diesem Nachmittag. Nicht zu fassen, dass die fünf ihn in Verdacht gehabt hatten! Und alles nur wegen des Stoff-Fetzens, den Rex erbeutet hatte. Herr Münzner hatte versucht den Einbruch zu vertuschen, um seine Gäste nicht zu beunruhigen und einer überstürzten Abreise vorzubeugen. Aber dank dieses Beweisstückes und dank des Fotos, das Nina von den Tätern geschossen hatte, würde man die Entführer sicherlich bald fassen.

Gegen Abend rollte ein Pferdetransporter vom Gestüt Brickwalde auf den Marktplatz. Und dann hieß es Abschied nehmen von Blacky. Nein, von Shergar natürlich! Nina kämpfte mit den Tränen.

Herr Leiser, der Gestütswärter, versuchte sie zu trösten. »Komm und besuche uns, wann immer du Lust hast.«

Nina nickte unter Tränen.

Da klopfte Herr Leiser ihr aufmunternd auf die Schulter. »Und wie wäre es, wenn das erste Stutfohlen von Shergar, das in unserem Gestüt geboren wird, deinen Namen bekommt?«

Ninas Tränen versiegten. Ein Fohlen, das Nina heißen würde! Mit blitzenden Augen drehte sich sich zu den anderen um. »Wir tref-

fen uns in Brickwalde, wenn mein Fohlen da ist, einverstanden?«

Jojo, Fränzi, Anke und Mats schlugen in Ninas Hand ein. Versprochen! Und das Schönste von allem war, dass sie sich wiedersehen würden!

Achtung, Pferdediebe

IN DUNKLER NACHT

Das grelle Licht der Scheinwerfer fraß sich durch die Dunkelheit. Gespenstisch leuchteten die weißen Markierungsstreifen an den Chausseebäumen auf und verschwanden einer nach dem anderen in der Finsternis.

»Verdammtes Kopfsteinpflaster«, murrte der Fahrer des Lastwagens und schaltete vor der Kurve einen Gang zurück. »Und wohin jetzt?«, fragte er seinen Beifahrer, als sich die Landstraße gabelte.

»Links, in Richtung Reimershagen/Suckwitz.« Die Antwort kam wie aus der Pistole geschossen. »Fahr langsam! Nicht, dass wir den kleinen Weg zum See verpassen. Die Außenkoppeln des Reiterhofs liegen keine dreihundert Meter von der Straße entfernt. Langsam jetzt, Andy! Da! Da! Siehst du das

Hinweisschild? Rum Kogel. Da müssen wir hin. Links einbiegen. Links einbiegen, sage ich!«

»Okay, okay, Tom.« Andy warf dem Mann an seiner Seite einen beruhigenden Blick zu, bremste und setzte vorschriftsmäßig den Blinker.

»Bist du verrückt?«, schnauzte Tom ihn aufgebracht an und griff ins Steuer. »Fahr gefälligst rückwärts rein! Kannst du nicht einmal in deinem Leben mitdenken?«

Andy ließ diese Frage unbeantwortet. Mit Tom war nicht gut Kirschen essen. Zu keiner Zeit. Und schon gar nicht, wenn es darum ging, nachts Pferde zu stehlen. Andy presste die Lippen zusammen, kurbelte das Seitenfenster runter und rangierte den Lastwagen rückwärts in den Weg ein. In Gedanken warf er dabei Tom alle Grobheiten an den Kopf, die ihm einfielen. Es waren etliche! Sie laut zu äußern hätte Andy sich allerdings nie getraut, denn Tom war der Chef, der Boss, der Kopf der Bande. Er bestimmte, wo's langging, und er führte sich dabei auf wie ein feudalistischer Herrscher. Einfach widerlich! Ein Wunder, dass sich die anderen diese Behandlung gefallen ließen. Noch nicht einmal Kowalski widersprach, wenn ...

»Nun stell doch endlich den Motor ab!« Tom klang ungeduldig. »Los, mach schon! Und dann lass die Rampe runter! Und vergiss ja nicht Halfter und Führstricke!«

»Als ob mir das je passiert wäre.« Andy platzte beinahe der Kragen. Hastig kletterte er aus dem Führerhaus. »Vergiss du lieber nicht die Äpfel«, knurrte er und knallte die Fahrertür hinter sich zu.

Draußen war es stockdunkel. Die Sommernacht war mild. Kein Lüftchen regte sich. Dichte Wolken verhüllten Mond und Sterne. Still war es. Unheimlich still.

Im Schein der Taschenlampe gingen die Männer den Waldweg entlang.

»Da ist der See«, flüsterte Tom und richtete

den Lichtkegel auf die glitzernde Oberfläche. »Hübsch, nicht?«

Andy gab keine Antwort. Für Naturschönheiten hatte er nichts übrig, schon gar nicht, wenn er beleidigt war. Schweigend lief er neben Tom her, bis sie die Koppel erreichten.

Die Pferde warfen neugierig die Köpfe auf und spitzten die Ohren. Nächtlicher Besuch war ungewöhnlich. Ein leises, fragendes Prusten der Schimmelstute, die den Männern am nächsten war.

»Gib mal die Äpfel her.« Andy streckte fordernd die Hand aus. Ganz plötzlich fühlte er sich selbstsicher, hörte sich bestimmt an. Ein Gefühl der Überlegenheit ergriff ihn. Das hier war seine Sache, ganz allein seine. Tom hatte Angst vor Pferden. Nie und nimmer würde er sich trauen eine Koppel zu betreten, auf der auch nur ein einziges Pferd stand. Andy grinste. Eigentlich war Tom ein Feigling. Ein Angsthase und ein ... Der kleine, leichte Plastikbeutel, der in seiner Hand landete, riss ihn aus

seinen triumphierenden Gedanken. »Was soll denn das sein?« Verblüfft über das unerwartet geringe Gewicht der vermeintlichen Äpfel, tastete Andy mit der anderen Hand den Beutel ab. Was er fühlte, machte ihn wütend. »Das sind schon wieder Zuckerstücke«, schimpfte er aufgebracht. »Ich habe dir doch erklärt, wie ungesund Zucker für Pferde ist. Warum besorgst du nicht Äpfel, wenn ich das sage?«

»Weil ich die Dinger schleppen müsste und weil es völlig egal ist, ob Zucker den Viechern nun bekommt oder nicht. Für die zwanzig, dreißig Tage, die die noch zu leben haben, kommt es nicht mehr darauf an. Und nun sieh endlich zu, dass du vier von den Gäulen einfängst. Es ist schon zwei Uhr morgens. Bald wird's hell.«

»Fang sie doch selbst, wenn du sie haben willst!« Andy schmiss erbost Halfter und Führstricke zu Boden. »Ich habe es satt, nach deiner Pfeife zu tanzen. Schließlich läuft ohne mich hier gar nichts!«

»Glaubst du das wirklich?« Tom hörte sich eher verblüfft als ärgerlich über Andys Zornesausbruch an. »Denkst du etwa, du wärst unersetzlich, nur weil du was von Pferden verstehst? Heiliges Kanonenrohr! Das kann doch wohl nicht dein Ernst sein?« Und als Andy betreten schwieg, fügte er achselzuckend hinzu: »Okay, wenn du nicht mehr willst, dann gehen wir eben!« Er wandte sich ab. »Los komm! Worauf wartest du noch?«, warf er ihm über die Schulter hinweg zu und beschleunigte den Schritt.

Aus war's mit dem erhabenen Gefühl der Überlegenheit. Andy schrumpfte in sich zusammen wie ein Ballon, dem die Luft ausging. »Tom! Warte doch mal! Was hast du vor? Ich meine, was willst du tun?«, rief er angstvoll.

Und dann, als Tom nicht antwortete, rannte er ihm wie gehetzt nach. »Tom, es war nicht so gemeint. Bitte. Es tut mir Leid.« Beschwörend griff er nach Toms Arm. »Wir wollen uns doch nicht streiten. Wir sind doch immer gut miteinander ausgekommen ...«

»Sind wir das?« Tom drehte sich um und richtete das Licht der Taschenlampe Andy mitten ins Gesicht. »Manchmal denke ich, du kannst mich nicht leiden. Stimmt doch, oder? Und wenn die Polizei dich nicht suchen würde, dann hättest du mich schon längst verpfiffen. Hab ich nicht Recht?«

»Aber nein, wieso denn?« Andy hob abwehrend die Hände. »Ich würde dich nie verpfeifen! Nie, ehrlich nicht! Dann wäre ich doch selbst dran!«

Für einen Augenblick schwieg Tom. Dann lachte er hart auf. »Ja, dann wärst du dran! Am besten du vergisst das nie! Und jetzt hol endlich die Pferde!«

Andy drehte sich wortlos um, ging zurück, bückte sich nach Halftern und Führstricken, warf sie sich über die Schulter, stieg über das Koppelgatter und ging auf die Pferde zu. »Gut so, brav«, murmelte er und näherte sich der

Schimmelstute. Auf lockend ausgestreckter Hand bot er ihr gleich zwei Stücke Zucker an. Tom hatte Recht. Darauf kam es nicht mehr an. Andy war jetzt alles egal. Fast alles. Als die Stute die Leckerbissen vorsichtig mit den Lippen von seiner Hand nahm und sie genüsslich zermalmte, tätschelte er ihr freundlich den Hals. Sein prüfender Blick fiel auf die Augenpartie der Stute. Andy nickte befriedigt. Die Höhlen über den Augen waren tief eingefallen, eines der äußeren Anzeichen, dass dieses Pferd bereits ein recht hohes Alter erreicht hatte. Das machte die Sache weniger schlimm. Andy stülpte der Schimmelstute eines der mitgebrachten Halfter über, führte sie zum Koppelgatter und band sie dort fest.

Minuten später verfuhr er in gleicher Weise mit einem dunkelbraunen Wallach und einer gleichfarbigen Stute. Einen weiteren Schimmel verschmähte er – die Wölbung über den Augen zeigte an, dass es sich noch um ein junges Pferd handelte – und wählte stattdessen einen Fuchs aus, der lahmte, als er ihn zum Gatter führte.

Tom war mit dieser Wahl nicht einverstanden. »Das ist doch das reinste Knochengerüst«, beschwerte er sich. »Der bringt doch nichts! Warum hast du nicht den großen Weißen genommen?«

Andy schüttelte den Kopf und verschanzte sich hinter Fachchinesisch. Erfolgreich! »Dummkoller« und »Dämpfigkeit« waren Ausdrücke, mit denen Tom nichts anfangen konnte. In seinen Ohren klangen diese Bezeichnungen äußerst gefährlich. Dass es sich dabei um Gewährsmängel handelte, sollte er nie erfahren.

Andys Stimmung hob sich. Einem Mann, der einen Schimmel mit »der große Weiße« bezeichnete, konnte man eben alles erzählen!

BRINGEN HUFEISEN GLÜCK?

Punkt neun Uhr ritten die Zwillinge Isa und Jani über den gepflasterten Hof des Trakehnergestüts Ganschow. Heute hatten sich beide nicht lange mit der Putzaktion ihrer Vierbeiner aufgehalten. Ein kurzes Überbürsten, Hufe auskratzen und schon stand dem Ausritt nichts mehr im Wege. Ihr Vater, Gestütsleiter Mencke, wünschte ihnen viel Spaß und winkte, als sie den Hof verließen.

»Werden wir haben«, lachte Isa. »Sommerferien«, fügte sie noch bedeutungsvoll hinzu und dann zügelte sie ihre Fuchsstute Gigi, um der Schwester den Vortritt zu lassen.

Jani auf Gigolo – ebenfalls fuchsfarben – passierte die Hofeinfahrt. Der Wallach prustete zufrieden durch die Nüstern. »Lass uns Richtung Lüdershagen reiten«, schlug sie vor.

Isa war einverstanden.

Im Galopp ging es den Sandweg an den Koppeln entlang, was die dort grasenden Pferde von einer Sekunde zur anderen in höchste Aufregung versetzte. Fohlen und Jährlinge warfen die Köpfe auf, spitzten die Ohren, schnaubten und prusteten und preschten dann im Pulk – parallel zum Sandweg – die Koppel entlang. Isa lachte, spornte ihre Stute an, schrie »Yippijeee« und tat so, als schwinge sie ein Lasso über ihrem Kopf. Die wilde Jagd endete erst, als der Sandweg links ab in einen niedrigen Buschwald mündete.

In flottem Trab durchquerten sie das Wäldchen und ritten an weiteren Koppeln entlang. Auf Gestüt Ganschow gab es über dreihundert Pferde, die in natürlichen Herden auf dreihundert Morgen Land gehalten wurden. Vor der Weggabelung an der Brücke parierten Isa und Jani zum Schritt durch. Über die Brücke hinweg gelangte man zur Koppel am

Teich. Die Zwillinge bogen jedoch rechts ab in einen unebenen Feldweg, der sich nach gut einem Kilometer im weiten Grasland verlor. Isa und Jani galoppierten an.

Die Landschaft rund um Ganschow war abwechslungsreich. Flaches Land mit weiten Feldern, baumbestandene Hügel, zahllose Seen, Teiche und morastige Tümpel, untereinander durch Bäche verbunden, ausgedehnte Wiesen. Einsamkeit lag über diesem Landstrich. Daran änderten auch die dem Zerfall preisgegebenen Stallungen der ehemaligen landwirtschaftlichen Produktionsgenossenschaften zwei Kilometer vor Lüdershagen nichts. Im Gegenteil, sie verstärkten diesen Eindruck noch.

Isa und Jani schauten gleichgültig über die lang gestreckten, barackenähnlichen, mit Wellblech gedeckten Gebäude hinweg, in denen einst Kühe, Schweine oder Hühner gehalten worden waren. Die blinden, zum Teil zerborstenen Fensterscheiben und die teilweise windschief in den Angeln hängenden Türen und Tore waren ihnen ein vertrauter Anblick. Seit langem verirrte sich kein Mensch mehr in diese Gegend.

»Lass uns bis zur Landstraße weiterreiten«, schlug Isa plötzlich vor. »Vielleicht ist der Schäfer noch da.«

»Ja, und seine Hunde.« Jani war mit diesem Vorschlag sofort einverstanden. »Ob die schwarze Schäferhündin inzwischen Junge bekommen hat? Komm, lass uns hingaloppieren.«

Es war, als hätten Gigi und Gigolo sie verstanden. Ohne Zutun der Mädchen setzten sich beide in Bewegung. Seite an Seite galoppierten sie voran. Doch plötzlich ging das Temperament mit der Fuchsstute durch. Mit raumgreifenden Sätzen stürmte sie die Wiese entlang. Die rotbraune Mähne flatterte im Wind. Gigolo und Jani fielen bald um Längen zurück.

Kurz vor dem Wassergraben nahm Isa das

Tempo zurück. »Aufpassen, Gigi«, mahnte sie und die Stute spitzte die Ohren. Mit einem respektvollen Satz überwand sie das kleine Rinnsal. In schnellem Galopp ging's weiter, die lange Senke hindurch auf die Landstraße zu. Von Schäfer, Herde und Hunden keine Spur.

»Isa! Isa! Warte!«, hörte sie plötzlich ihre Schwester brüllen.

Isa fuhr der Schreck eisig in die Glieder. Sie zügelte Gigi und drehte sich angstvoll nach der Schwester um. Sie erwartete sie in einer ausgedehnten Blutlache liegen zu sehen! Stattdessen rutschte Jani gerade munter aus dem Sattel und rief: »Er hat sich ein Eisen losgetreten.«

»Und deswegen kreischst du wie ein Nebelhorn?« Isa war empört. Trotzdem wendete sie und ritt auf Jani zu.

Die Schwester machte sich bereits an Gigolos rechtem Hinterhuf zu schaffen. »Verdammt, ich krieg's nicht runter«, stöhnte sie und zerrte weiter an dem Hufeisen herum.

»Sei vorsichtig«, mahnte Isa besorgt. »Nicht, dass die Hufwand be…«

Weiter kam sie nicht mit ihrem Satz.

Jani stieß ein erbittertes »Verdammt« aus, denn sie hielt das Hufeisen plötzlich in der Hand. »Jetzt haben wir den Salat«, fügte sie mit Grabesstimme hinzu und sah zu Isa auf. »Die Nägel stecken noch im Huf.«

»Mist! Lass mich mal sehen.« Isa saß ab, drückte der Schwester Gigis Zügel in die Hand und beugte sich zu Gigolos Hinterhuf hinab.

Zwei dicke Hufnägel ragten aus der Hornhaut und verhinderten ein Auftreten. Mit Daumen und Zeigefinger versuchte Isa die Nägel herauszuziehen. Sie gaben keinen Millimeter nach. Bombenfest staken sie im Huf.

»Ohne Werkzeug kriegen wir die nie raus.« Isa richtete sich auf. »Am besten, ich reite nach Lüdershagen und hole Hilfe.« Sie nahm der Schwester Gigis Zügel aus der Hand, warf sie der Stute über Kopf und Hals, setzte den linken Fuß in den Steigbügel und hangelte sich zurück in den Sattel. »Wird ein Weilchen dauern. Bis dann.« Im Galopp ritt Isa davon.

Jani seufzte, nahm die Reitkappe vom Kopf und fuhr sich mit der linken Hand durch die braunen Haare. »Puh«, stöhnte sie dann und ließ sich ins Gras sinken. Gigolo wertete das als Signal mit dem Grasen zu beginnen.

Reglos starrte sie hinüber zur autoleeren Landstraße. Vogelgezwitscher. Sonst war kein Laut zu hören. Heiß war es. Die Sonne brannte ihr unangenehm auf den Rücken. Und dann kamen die Mücken. Ein ganzer Schwarm – offensichtlich ausgehungert und blutgierig – umschwirrte sie. Jani sprang auf und schlug wie wild mit den Armen, um sich der Plagegeister zu erwehren. Gigolo hob interessiert den Kopf.

Plötzliches Motorengeräusch ließ Jani innehalten und zur Landstraße blicken. Kam schon Hilfe? Ein hoffnungsvoller Gedanke, der jedoch gleich wieder im Keim erstickt wurde. Es war nur ein alter grauer Lastwagen. Er war nahe genug, dass Jani den Schriftzug auf der linken Seite entziffern konnte: »Umzüge nah und fern«.

Der Fahrer bremste abrupt und schaute zu Pferd und Mädchen herüber. Das Motorengeräusch erstarb. »Ist was nicht in Ordnung?«, rief er aus dem offenen Fenster.

»Mein Pferd hat ein Hufeisen verloren«, schrie Jani ihm zu. »Die Nägel stecken noch drin und …«

»Warte, ich komme!« Der junge Mann kurbelte das Fenster hoch.

Janis Mitteilung, dass Isa schon unterwegs war, um Hilfe zu holen, hörte er nicht mehr. Mit einem Werkzeugkasten in der Hand kam er auf Mädchen und Pferd zu.

»Ein schöner Kerl ist das«, sagte er und musterte Gigolo anerkennend. »Gehört er dir?«

Jani nickte. »Er muss sich das Eisen losgetreten haben, als wir über den kleinen Graben sprangen. Ich hab es dann abgerissen …«

»Ja, ja!« Der junge Mann schien nur mit halbem Ohr zuzuhören, während er sich eine Brille aufsetzte. »Ich seh schon!« Mit geübtem Griff hob er den Huf auf. »Hm, hm. Das haben wir gleich.«

Er schlug den Deckel des Werkzeugkoffers zurück, kramte darin herum und beförderte eine Zange ans Tageslicht. Geschickt rückte er damit den Nägeln im Huf zu Leibe.

»Toll machen Sie das«, zollte Jani ihm Beifall, als Nagel Nummer eins sauber aus dem Huf gezogen wurde. »Besser kann ein Schmied das auch nicht.«

»Danke, danke.« Den jungen Mann freute das Kompliment. »Mit Pferden kenne ich mich aus«, sagte er selbstgefällig, holte dann tief Luft, ächzte ein bisschen und zog den zweiten Nagel heraus. Prüfend fuhr er abschließend mit der rechten Hand über die

Hornhaut. »Ist so weit in Ordnung«, meinte er zufrieden und nahm die Brille ab. »Auf weichem Boden kannst du ihn traben, auf hartem gehst du Schritt«, ordnete er streng an und Jani nickte prompt.

»Vielen, vielen Dank«, sagte sie.

Der Fahrer des Lastwagens lachte. »Gern geschehen!« Und dann hatte er es plötzlich sehr eilig. »Ich muss weiter. Also, mach's gut. Auf Wiedersehen.« Er wandte sich ab und lief mit langen Schritten auf den Lastwagen zu. Bis Jani die Reitkappe aufgesetzt und sich auf Gigolos Rücken geschwungen hatte, war er bereits davongefahren. Für kurze Zeit hörte sie noch das Motorengeräusch, dann verlor es sich in der Ferne.

»Ein netter Mann«, sagte Jani zu Gigolo und tätschelte dem Fuchswallach den Hals. »Jetzt reiten wir nach Lüdershagen und gucken, wo Isa geblieben ist. Na, die wird staunen!« Gigolo prustete zustimmend durch die Nüstern. Jedenfalls wertete Jani es so.

In gemächlichem Trab ging es nach Lüdershagen und dann im Schritt die Straße zum Markt entlang. Schon von weitem hörte Jani aufgeregtes Stimmengewirr. Auf dem Marktplatz schien Hochbetrieb zu herrschen. Komisch. Heute war doch gar kein Markttag. Was war denn los? Neugierig ritt Jani weiter. Und dann sah sie inmitten der Menschenmenge – die Köpfe der Leute überragend – Isa auf ihrem Pferd.

»Ach du große Schande.« Jani wurde flau im Magen.

Die Menschen wirkten aufgebracht und empört. »Eine Frechheit ist das«, hörte sie einen Mann lauthals schimpfen. Und eine Frau in seiner Nähe schrie was von »Polizei« und »Handwerk legen«. Oh nein! Was hatte Isa bloß angestellt?

In diesem Augenblick drehte sich Isa nach ihr um. Jani war restlos verblüfft, als sie Isa lachen sah.

Sie bahnte sich mit Gigi einen Weg durch

die Menge und niemand hinderte sie daran, den Platz zu verlassen.

»Tolle Neuigkeiten«, sprudelte Isa hervor, kaum, dass sie Jani auf Gigolo erreichte. »Drüben in Rum Kogel sind heute Nacht vier Pferde von der Koppel gestohlen worden. Stell dir das bloß vor! Vier Stück auf einmal! Eine neunzehnjährige Schimmelstute, ein Fuchswallach, der Hufrolle hat, und zwei Braune, die das Gnadenbrot erhielten.« Sie hielt einen Moment inne. »Eigentlich komisch, dass die alte und kranke Pferde geklaut haben, nicht?« Sie sah stirnrunzelnd zu Jani hinüber. Bevor diese jedoch auch nur Luft für eine Antwort holen konnte, fuhr Isa schon mit blitzenden Augen fort: »Na ja. Egal. Das kriegen wir raus. Auf jeden Fall werden das die aufregendsten Ferien, die wir je erlebt haben. Wir begeben uns auf Spurensuche nach den Pferdedieben! Was hältst du davon?«

»Du spinnst doch total!« Jani tippte sich

mit dem Zeigefinger gegen die Stirn. »Spurensuche«, sagte sie abfällig. »Pferdediebe jagen. Hör auf von Abenteuern zu träumen. Verbrechensbekämpfung ist Sache der Polizei.« Und bei dieser Meinung blieb sie.

Zwei Stunden später erhielt sie Rückendeckung von den Eltern. Isa ärgerte sich. Auch ihr Vorschlag, das Gestüt rund um die Uhr bewachen zu lassen, wurde von ihrem Vater abgeschmettert. »Unsinn! Dem Gestüt Ganschow droht keinerlei Gefahr. Trakehner sind ohne Papiere nicht zu verkaufen. Jeder Händler, dem derartige Pferde angeboten werden, würde bei fehlenden Papieren sofort an Diebstahl denken.« Herr Mencke sprach mit Nachdruck.

EIN MERKWÜRDIGES ZUSAMMENTREFFEN

Die Samstagszeitung wartete mit einer fett gedruckten Überschrift auf: »Pferdediebe schlagen erneut zu!« Isa und Jani lasen den Artikel gemeinsam.

»Dem Reiterhof Klein Prietz wurden in der Nacht zum Freitag drei Pferde gestohlen. Diesmal schreckten die Täter nicht einmal davor zurück, die Tiere direkt aus ihren Boxen zu holen. Die Polizei bittet in diesem Zusammenhang alle Pferdehalter des Landkreises, fortan nachts ihre Stallungen abzuschließen und gegebenenfalls Wachen aufzustellen. Das Vorgehen der Diebe deutet darauf hin, dass es sich um die gleiche Bande handelt, die vor einem Monat im Land Brandenburg ihr Unwesen trieb. Von den dort verschwundenen rund fünfzig Pferden fehlt bis heute jede

Spur. Die Täter scheinen keinen Unterschied zwischen hoch im Blut stehenden und weniger wertvollen Tieren zu machen. Die Bevölkerung wird um erhöhte Aufmerksamkeit gebeten. Hinweise nimmt die Polizeistation in Güstrow entgegen.«

»Hab ich's doch gewusst«, frohlockte Isa und griff nach dem Telefonbuch auf Vaters Schreibtisch. »Reiterhof Klein Prietz«, murmelte sie vor sich hin. »Aha. Sieben, sechs, fünf, drei.«

Sie wählte die Nummer. Die Verbindung kam kurz darauf zustande.

»Hier Isa Mencke vom Gestüt Ganschow«, meldete sie sich. »Einen schönen Gruß von meinem Vater soll ich ausrichten. Er lässt fragen, wie das mit dem Pferdediebstahl vorgestern Nacht bei Ihnen passiert ist?«, flunkerte sie munter drauflos.

Jani hielt die Luft an. Isa hatte vielleicht Nerven. Das konnte doch nicht gut gehen. Sie war fast ein bisschen enttäuscht, dass der Reiterhofbesitzer, Herr Tietke, keinen Verdacht schöpfte, sondern bereitwillig Auskunft gab. Die drei Pferde waren aus einem Schuppen ein ganzes Stück abseits der Stallungen gestohlen worden. Kutschpferde waren es gewesen. Herr Tietke beschrieb sie als ruhig, kompakt und verlässlich. »Genau das Richtige für Touristen«, fügte er erklärend hinzu und Isa grinste. Im Klartext hieß das: »alt – dick – temperamentlos«. Dann verging ihr das Lachen. Wer klaute schon solche Pferde? Die Diebe mussten verrückt sein.

»Und wie ist es mit Spuren?«, erkundigte sie sich hoffnungsvoll. »Hat die Polizei welche gefunden?«

Gleich darauf zuckte sie die Achseln. Herr Tietke teile ihr mit, dass die Spurensicherung ergebnislos verlaufen sei. Heutzutage trugen eben alle Gauner Handschuhe.

Isa gab trotzdem nicht auf. »Könnten meine Schwester und ich nachher mal bei Ihnen vorbeikommen und uns den … äh …

äh … Tatort ansehen?«, fragte sie drängend. Herr Tietke hatte nichts dagegen und beendete das Gespräch mit einem scherzhaften: »Bis bald, Sherlock Holmes!«

Isa legte lachend auf und drehte sich nach Jani um.

»Hey, Watson, satteln«, rief sie vergnügt. »Nimm den Ferdi. Der ist genauso brav wie Gigolo. Wir reiten nach …«

»Einen Moment mal.« Herr Mencke stand plötzlich im Zimmer. Isas letzte Worte hatte er gerade noch gehört. »Mit eurem Ausritt müsst ihr warten. Der Schmied ist gekommen und außerdem zwei neue Ladungen Heu. Erst einmal wird geholfen.« Er runzelte die Stirn, als die Zwillinge unmutig die Gesichter verzogen. »Jetzt stellt euch nicht so an«, mahnte er ärgerlich. »Samstags fehlen uns nun mal viele Hilfskräfte. Ist schon ein Wunder, dass der Schmied überhaupt gekommen ist. Isa, du hilfst ihm, Jani, du löst Mutter beim Heuabladen ab.«

Die Zwillinge sahen sich betreten an.

»So 'n Mist«, murrte Isa und warf einen hastigen Blick auf ihre Armbanduhr. »Hoffentlich dauert die Schinderei nicht so lange. Na ja. Reiten wir eben später nach Klein Prietz. Sag Mutti, dass wir einen Ausritt mit Picknick veranstalten wollen. Und jetzt beeil dich.« Sie versetzte Jani einen Stoß in Richtung Tür und rannte dann, als die Schwester die Hände zu Fäusten ballte, in Höchstgeschwindigkeit voraus.

Aus dem geplanten Ritt nach Klein Prietz wurde nichts. Es gab an diesem Tag auf Gestüt Ganschow zu viel zu tun. Jani schwitzte beim Heuabladen und beneidete die Schwester um den vermeintlich leichteren Job beim Schmied. Aber auch Isa schwitzte. Sie musste die Hufe der Pferde aufheben und halten, während der Schmied die Hornhaut abraspelte, das Eisen anpasste und schließlich aufschlug. Acht Pferde und zweiunddreißig Hufe lang. Das ging auf die Knochen. Ganz besonders auf die im Kreuz, weil die Vierbeiner dazu neigten, ihr Gewicht genau auf das Bein zu übertragen, das aufgehalten wurde.

Nach einer kurzen Mittagspause – es gab Kartoffelsalat und Würstchen – ging die Schufterei weiter. Um kurz vor vier Uhr war endlich Pferd Nummer acht beschlagen.

Der Schmied rieb sich zufrieden die Hände. »Na, das hätten wir mal wieder geschafft«, meinte er strahlend. »Jetzt hast du sogar noch Zeit den anderen beim Heuabladen zu helfen.« Er schlug Isa auf die Schulter. »Na, nun bring erst mal den guten Gigolo auf die Koppel. Nach der Aufregung hat er ein bisschen Ruhe und Entspannung verdient.« Und damit drückte er ihr den Führstrick in die Hand und wandte sich zum Gehen.

Isa blieb wie angewurzelt stehen. Gigolo hatte Ruhe und Entspannung verdient? Wieso eigentlich? Der hatte schließlich nichts anderes getan, als sein gesamtes Gewicht auf ihr abzustützen. Wenn jemand ruhebedürftig war, dann sie ... Ein fröhliches Winken des Vaters drüben vom Heuschober her riss sie aus ihrer Erstarrung. Ihre Lebensgeister kehrten schlagartig zurück. Nur weg von hier. Nichts wie hinunter zu den Koppeln. Am besten brachte sie Gigolo auf die am weitesten entfernte unten am Teich. An diesem idyllischen und abgeschiedenen Fleckchen Erde konnte sich der Fuchswallach von den Strapazen erholen ... und, was viel wichtiger war, sie selbst auch.

Isa schlurfte quer über den Hof davon. Gigolo trottete mit gesenktem Kopf hinter ihr her. Als sie den Sandweg erreichten, führte Isa das Pferd der Schwester nahe an den Koppelzaun heran, kletterte auf die oberste Planke und schwang sich von dort aus auf Gigolos blanken Rücken. »Puh, ist das heiß«, japste sie und klopfte mit den Absätzen gegen Gigolos Bauch.

Im Schritt ging es den Weg entlang, dann links durch das Wäldchen und an den unteren Koppeln vorbei bis zur kleinen Brücke. Gigolos Hufe dröhnten dumpf auf den Holzplanken. Wenig später lag die baumbestandene Koppel am Teich vor ihnen.

Als Isa den Mann erblickte, der den dort grasenden Pferden zusah, versuchte sie Gigolo zum Halt durchzuparieren. Mittels Führstrick und von seinem Rücken aus war das kein einfaches Unterfangen. Isa zerrte am Strick und behielt den Fremden im Auge. Wer war das? Was wollte der hier? Ganz plötzlich war ihr unheimlich zumute. Noch einmal zerrte sie am Strick. Vergebens. Gigolo strebte unbeirrt der Koppel zu. Der Mann drehte sich nach ihr und dem Pferd um. Ein Lächeln huschte über sein Gesicht.

»Hallo, ihr beiden!«, begrüßte er sie freundlich, nahm die Brille ab, stopfte ein gefaltetes Blatt Papier in seine Brusttasche und kam auf sie zu. »Na, hat er inzwischen neue Schuhe bekommen?« Er klopfte Gigolo den Hals und lachte Isa an.

Und in diesem Augenblick wusste sie, wen

sie vor sich hatte: den hilfreichen jungen Mann, den Jani getroffen und der die Nägel aus Gigolos Huf gezogen hatte. Kein Grund zur Angst. Isa entspannte sich und erwiderte das Lächeln.

»Gigolo ist gerade eben beschlagen worden«, sagte sie und setzte dann etwas spitz hinzu: »Unser Schmied meint, er müsse sich erst einmal von diesem Erlebnis erholen.«

»Und in Wirklichkeit musst du dich erholen, was?« Der junge Mann war schnell von Begriff. »Warte, ich mache euch das Tor auf.« Er bückte sich und schob eilends die drei Balken des Gatters, die als Tor dienten, aus den Halterungen.

Gigolo betrat die Koppel mit gespitzten Ohren, wandte dann den Kopf nach seiner Reiterin. »Bitte absteigen«, hieß das.

Isa rutschte von seinem Rücken und drehte sich nach dem Mann um. Der war bereits dabei, das Tor zu schließen.

»Danke«, sagte Isa höflich und fügte dann

ein wenig misstrauisch hinzu: »Was machen Sie hier eigentlich?«

Der Fremde schwieg.

»Warum haben Sie sich nicht oben im Büro angemeldet, wie das üblich ist?«, hakte sie nach.

»Aber ich dachte ... ich meine ... wo wir uns doch kennen ...« Der junge Mann wirkte sehr zerknirscht.

Isa war so daran gewöhnt, mit der Schwester verwechselt zu werden, dass sie ihr Gegenüber auch jetzt nicht auf seinen Irrtum hinwies.

»Schon gut«, lenkte sie rasch ein und wandte sich ab. Sie kraulte Gigolo ausgiebig hinter den Ohren und unter der Kehle. Hinter ihr blieb alles ruhig. Schließlich warf sie einen verstohlenen Blick über die Schulter zurück. Der junge Mann war verschwunden.

Als Isa über das Koppelgatter kletterte, entdeckte sie ein Blatt Papier im Gras neben dem Pfosten. Neugierig bückte sie sich, hob es auf

und faltete es auseinander. Zarte Bleistiftlinien waren darauf. Sah aus, als sei eine Wanderkarte abgepaust worden. Mühsam entzifferte Isa die eingetragenen Ortsnamen. Rum Kogel, Groß Breesen, Klein Prietz, Zehna, Lüdershagen, Gestüt Ganschow, Schonwalde ... Unvermutet überrieselte sie eine Gänsehaut. Was hatte es mit dieser Skizze auf sich?

Isa war so beunruhigt, dass sie abends nicht nur Jani, sondern auch den Eltern von ihrem Zusammentreffen mit dem Mann und dem Fund der Wanderskizze berichtete.

»Irgendetwas stimmt nicht mit ihm«, sagte sie. »Ich fühle es genau.« Und als die Mutter skeptisch die Augenbrauen hochzog, platzte sie mit ihrem Verdacht heraus. »Ich glaube, das war einer der Pferdediebe. Warum sonst hätte er sich heimlich auf unser Gestüt schleichen sollen?«

»Nun mach aber mal 'nen Punkt«, unterbrach der Vater sie kopfschüttelnd. »Der junge Mann ist bestimmt völlig harmlos. Vermutlich ein Pferdenarr. Kommt ja öfters vor, dass Fremde sich unsere Pferde anschauen. Schließlich ist das Gestüt nicht eingezäunt …«

»Aber die Kartenzeichnung«, wandte Isa ein. »Auf ihr sind Rum Kogel und Klein Prietz eingezeichnet. Dort sind Pferde gestohlen worden. Und Ganschow steht auch drauf.« Sie tippte mit dem Finger auf die Zeichnung.

»Ja, und etliche andere Orte auch«, sagte Frau Mencke trocken. »Das ist bei Wanderkarten nun mal so üblich.«

Jani und der Vater lachten.

Isa war sauer. Niemand glaubte ihr.

WENN ZWILLINGE STREITEN

In den folgenden Tagen verschwanden im Landkreis weitere zehn Pferde. Größtenteils wurden sie von Koppeln gestohlen. Dass dies überhaupt möglich war, lag daran, dass in Mecklenburg-Vorpommern viele Pferde in so genannten »offenen Ställen« gehalten wurden. Solche Ställe sind nichts anderes als Unterstände, in die sich die Tiere bei Bedarf zurückziehen können. Hier finden sie zusätzliches Futter und Schutz vor Regen und Schnee. Verschließen kann man derartige Ställe allerdings nicht. Das erwies sich für die Pferdediebe als ideal, denn eine Bewachung der Koppeln und Unterstände rund um die Uhr war den wenigsten Reiterhöfen oder Pferdehaltern möglich. Dazu fehlte es einfach an Personal, oder an Geld. Das eine bedingte das andere.

Wer einen Hund besaß, ließ diesen treuen Vierbeiner nun bei Nacht im Freien und hoffte, dass er anschlagen würde, sobald sich Fremde Haus und Hof näherten. Die meisten Hunde wurden dieser neuen Aufgabe nicht gerecht. Sie kläfften, was das Zeug hielt, kaum, dass sie eine Maus im trockenen Gras rascheln hörten, von ferne den Ruf eines Käuzchens vernahmen oder durch ein Knacken im Gebüsch aufgeschreckt wurden. Innerhalb weniger Tage wurden diese »Wachposten« abgezogen und wieder im Haus gehalten.

Auf Gestüt Ganschow wurden keinerlei Sicherungsmaßnahmen getroffen. Isa war das gar nicht recht. Sie bestürmte den Vater endlich nachts die Koppeln kontrollieren zu lassen. »Und ich würde auch Wache schieben«, stellte sie sich bereitwillig zur Verfügung.

»Au ja, ich auch!« Jani war plötzlich ebenfalls Feuer und Flamme.

Der Vater lehnte das großzügige Angebot

jedoch strikt ab. »Kommt ja nicht auf die Idee nachts auf den Koppeln rumzugeistern«, warnte er seine Töchter. »Wenn ich euch dabei erwische, geht's euch schlecht.« Herr Mencke sah die Zwillinge streng an. »Haben wir uns da ganz klar verstanden?«

Isa nickte prompt. Mühelos zauberte sie ihr unschuldigstes Lächeln aufs Gesicht.

Jani nickte auch, aber sie schaute dabei zu Boden.

Der Vater war zufrieden. »Na, dann genießt euren Ausritt«, sagte er versöhnlich und zwinkerte den beiden zu.

Eine Viertelstunde später – und hoch zu Ross – weihte Isa die Schwester in ihre Pläne ein. »Heute Nacht schleichen wir uns auf die Koppeln«, bestimmte sie. »Wir stellen unseren Wecker auf Mitternacht und …«

»Ich nicht«, unterbrach Jani sie entsetzt. »Du hast doch gehört, was Vati gesagt hat.«

»Ja, und?« Isa zog verblüfft die Augenbrauen hoch. »Nun sei doch kein Frosch! Vati schläft um die Zeit längst. Außerdem geht es darum, unsere Pferde zu retten, und ...«

Isa redete mit Engelszungen auf Jani ein. Aber keines ihrer Argumente fiel auf fruchtbaren Boden und ihre Überredungskünste verpufften im Nichts. Jani hielt sich eisern an das Verbot des Vaters.

Schließlich riss Isa die Geduld. »Bist du blöd«, schrie sie die Schwester wutentbrannt an. »Endlich ein Abenteuer und du kriegst Muffensausen wegen eines lächerlichen Verbots, du dumme Ziege!«

Mit diesen Worten puffte sie der Fuchsstute ihre Absätze in die Seiten. Gigi, an derart rohe Behandlung nicht gewöhnt, buckelte aufgebracht und stob dann im Galopp davon. »Vorwärts«, spornte Isa ihr Pferd weiter an und klapste der Stute auf den Hals. Gigi wertete diese Geste als Anschlag auf ihr Leben und scheute heftig nach links. Einwandfreiere und fließendere Galopptraversalen zeigten nicht einmal Dressurpferde der Spitzenklasse,

und schon gar nicht in diesem atemberaubenden Tempo. Mit letzter Kraft gelang es Isa, im Sattel zu bleiben.

»Ist ja gut, ist ja gut«, versuchte sie die Stute zu besänftigen. Aber ihre Worte fielen auf taube Ohren.

Gigi, plötzlich irritiert durch flirrendes Sonnenlicht, das auf der Erde tanzte, entschloss sich zu einer Vollbremsung vor der Wegbiegung. Damit hatte Isa ganz und gar nicht gerechnet. Sie wurde nach vorn geschleudert und landete mit dem Kopf fast zwischen Gigis Ohren. Diese Berührung quittierte die Stute mit einem wütenden Bocksprung. Es fehlte nicht viel und Isa hätte sich auf dem Erdboden wieder gefunden.

»Mannomann«, keuchte sie, als sie sich in den Sattel zurückhangelte. »Was ist denn bloß mit dir los?« Sie tätschelte Gigi den Hals und die Fuchsstute spitzte zögernd die Ohren. »Gut, brav«, lobte Isa sie. Nach ein paar weiteren Schmeicheleien, liebevollem Tätscheln und Streicheln war Gigi bereit den Ausritt fortzusetzen ... und der Ärger ihrer Reiterin verraucht.

Isa drehte sich nach Jani um. Aber von der Schwester war weit und breit nichts zu sehen. Isa zuckte mit den Achseln. Dann eben nicht. Mit einer beleidigten Jani war ohnehin nichts anzufangen. Würde sie eben allein nach Klein Prietz reiten. Spuren würden sich dort jetzt bestimmt nicht mehr finden lassen, aber vielleicht fiel Herrn Tietke noch etwas Wissenswertes zum Diebstahl ein. Möglich war auch, dass die Polizei ihn als Geschädigten über den Stand der Ermittlungen informierte. Isa hoffte es.

Aber sie hoffte vergeblich. Herr Tietke hatte keinerlei Neuigkeiten zu vermelden. Außerdem war er in Eile. »Hab keine Zeit«, entschuldigte er sich. »Ich muss Feriengäste in Güstrow vom Zug abholen. Aber wenn du den Tatort besichtigen willst ...«, er zwinkerte ihr verschmitzt zu, »... dann reite hier links den Waldweg entlang. Etwa zweihundert Meter. Der Schuppen liegt an der Weggabelung.«

Isa bedankte sich und machte sich auf den Weg.

Wenig später erreichte sie ihr Ziel, saß ab und band Gigi an einem Ast fest. Dann durchsuchte sie den Schuppen, und zwar gründlich. Aber nichts. Missmutig wuchtete sie schließlich zwei Strohballen zur Seite. Auch unter ihnen fand sich kein Indiz. Welches auch? Die Arbeit hätte sie sich sparen können. Halbherzig stocherte sie zu guter Letzt mit einem Stecken in der Streu herum. Ein verblichenes blaues Bonbonpapier und ein zerknülltes Brillenputztuch waren die einzige Ausbeute ihrer Anstrengungen. Isa maß ihnen keine Bedeutung bei. Was half es ihr, wenn sie wusste, dass die Diebe Bonbons lutschten, während sie Pferde stahlen, oder sich die Brillen putzten. Isa gab auf.

Ernüchtert trat sie den Heimweg an. Gigi

griff flott aus. Ganz offensichtlich sehnte sie sich nach der heimischen Koppel. In vollem Galopp ging's durch den Wald bei Groß Breesen. Dann, kurz vor Lohmen, im Schritt über die Landstraße und gerade als Isa in den Fußweg nach Gerdshagen einbiegen wollte, sah sie ein paar Meter weiter vorn auf der Straße einen Lastwagen.

»Hm«, machte sie unschlüssig, hielt an und kniff die Augen zusammen, um besser sehen zu können. Der Lkw schien hier einfach abgestellt worden zu sein. Warum wohl? In Isa erwachte die Neugier. Vom Fahrer war nichts zu sehen. Wo der wohl war?

Isa trieb Gigi die Straße entlang. Laut klapperten die eisenbeschlagenen Hufe über den Asphalt. Wenig später hatten sie das Fahrzeug erreicht. Es war ein alter grauer Laster mit blauem Schriftzug an beiden Seiten. »Umzüge nah und fern«. Isa beäugte das ramponierte Gefährt eingehend. Ihr fiel auf, dass weder eine Telefonnummer noch der Name des Umzugsunternehmens angegeben war. Komisch. Was das wohl für ’ne Firma war? Wo kam der Laster überhaupt her? Sie setzte Gigi in Bewegung, um einen Blick auf das Kfz-Kennzeichen zu werfen, zügelte die Stute jedoch schon nach zwei Schritten und schaute ins Führerhaus hinein. Auf dem Beifahrersitz lag zusammengeknüllt ein grauer Kittel, halb verdeckt von einer Landkarte. Auf der Ablage über dem Steuer befanden sich irgendwelche Papiere. Daneben ein schwarzes Brillenetui und auf dem Sitz des Fahrers ein Päckchen Zigaretten. Das war alles. Isa wollte ihren Weg gerade fortsetzen, als ihr Blick zufällig auf die Papiere fiel. Eigentlich war es mehr der fett gedruckte Schriftzug auf dem obersten Blatt, der ihr ins Auge stach. Da es falsch herum lag, verrenkte Isa sich fast den Hals beim Entziffern. »Ge-sund-heits-zer-ti-fi-kat« buchstabierte sie halblaut und noch bevor sie enträtseln konnte, was das zu bedeuten hatte, schnoberte Gigi durch die Nüstern und warf den Kopf auf. Isa fasste automatisch die Zügel nach und schaute nach vorn.

Der Mann, der wenige Meter vor ihr und Gigi stand, schien aus dem Boden gewachsen zu sein.

»Was schnüffelst du hier rum?«, fuhr er sie an und stemmte die Arme in die Hüften. »Verschwinde gefälligst! Marsch, ab mit dir!«

Isa, restlos überrascht, starrte ihn an. »Wo … wo kommen Sie denn her?«, stotterte sie verwirrt. »Ich bin doch nur an Ihrem Laster vorbeigeritten und …«

Der Mann stampfte ungeduldig mit dem Fuß auf. »Verschwinde, hab ich gesagt!« Aufgebracht fuchtelte er mit den Armen durch die Luft, was Gigi unruhig hin und her tänzeln ließ. Ihre Hufe scharrten über den Asphalt.

Isa hielt es für ratsam, den Rückzug anzutreten, bevor die Stute ausrutschte. »Ich geh ja schon, ich geh ja schon«, knurrte sie gereizt, wendete Gigi und ritt die Straße zurück.

Sie war sich bewusst, dass der Fremde ihr nachsah. Sie konnte seine Blicke förmlich spüren. Ein blöder Typ! Führte sich auf, als ob ihm die Landstraße gehörte! Und nur Gigis wegen musste sie zahm das Feld räumen! Isa ärgerte sich.

Als sie den Fußweg nach Gerdshagen erreicht hatte, warf sie einen Blick zurück. Der Mann stand immer noch neben seinem Lastwagen und beobachtete sie, als ob er befürchtete, sie würde zurückkommen.

Isa platzte der Kragen. »Doofer Hammel«, brüllte sie ihm aus sicherer Entfernung zu. Und die Zunge streckte sie ihm auch noch raus. Beides erleichterte sie ungemein. Nun wusste dieser Blödmann doch wenigstens, was sie von ihm hielt. Als der Mann Anstalten machte ihr zu folgen, bog sie hastig in den Weg ein und trieb Gigi in Galopp. Nichts wie weg!

Zehn Minuten später fiel ihr ein, dass sie vergessen hatte sich das Kfz-Kennzeichen anzusehen. Pech! Isa parierte zum Schritt durch und überlegte, ob sie zurückreiten sollte. Dann verwarf sie diese Idee. Vermutlich war der Mann längst über alle Berge. Wenn nicht, dann würde er über ihr erneutes Auftauchen nur in Wut geraten. Darauf war sie nun wirklich nicht erpicht. Der Mann hatte bedrohlich gewirkt. Mehr noch. Gefährlich! Und seine ohnehin schlechte Laune dürfte sich durch ihr Verhalten kaum gebessert haben. Isa kicherte bei diesem Gedanken. Himmel, hatte der wütend ausgesehen. Bei allem Übermut war ihr aber auch klar, dass sie diesem Mann auf keinem Fall wieder begegnen durfte. Sie musste künftig auf der Hut sein.

PFERDE MÜSSTEN SPRECHEN KÖNNEN

Jani war nach dem Streit mit Isa in entgegengesetzter Richtung davongeritten. Allerdings erst, nachdem sich ihre Hoffnung, dass die Schwester vom Pferd fiel, nicht erfüllt hatte. Jani war sauer gewesen. Nicht, dass sie Isa einen wirklichen Unfall gewünscht hätte, aber einen anständigen Sturz mit einer paar ebenfalls anständigen blauen Flecken hätte sie ihr voll und ganz gegönnt! Aber diese Genugtuung bekam sie nicht.

Jani schimpfte noch eine ganze Zeit lang halblaut vor sich hin. Gigolo spielte nervös mit den Ohren. Die Unruhe seiner Reiterin übertrug sich auf ihn. Erst als der Ärger seiner Besitzerin verraucht war, wurde auch er wieder ruhig.

Jani ließ Gigolo am langen Zügel über die

Wiesen dahinschlendern. Es war ihr egal, wohin er lief. Der Tag war ohnehin verdorben. Isas Schuld. Musste sie auch immer gleich aufbrausen? Der Ausritt nach Klein Prietz hätte so schön sein können. Vielleicht hätten sie wirklich Spuren gefunden ... Jani hielt inne, als sie bei diesem Gedanken anlangte. Was für Spuren? Wovon?

Erstmals stellte sie sich die Frage, wie die Pferdediebe ihre Beute abtransportierten. Schwangen sie sich einfach auf die Rücken der geklauten Vierbeiner und ritten mit ihnen davon? Das wäre möglich. Jani erwärmte sich gerade für diese Idee, als ihr auffiel, dass sie einen Haken hatte. Wie sollten sich die Diebe ohne Sättel und Trensen mit den Vierbeinern aus dem Staub machen? Jani seufzte. Nein, das ging nicht. Ungewollt tauchten vor ihrem geistigen Auge drei, vier finster dreinschauende Männer auf, die unter der Last von Sätteln und Zaumzeug ächzend ihren Raubzug antraten. Jani kicherte ... und nahm Abschied von diesem Einfall. Viel wahrscheinlicher war, dass die Diebe ein motorisiertes Transportmittel benutzten, überlegte sie weiter. Vermutlich einen Pferdetransporter. Halt. Nein. Das wäre viel zu gefährlich. Derartige Fahrzeuge wurden von der Polizei zurzeit bestimmt scharf kontrolliert. Aber ein Viehwagen? Ja, das ginge. Davon gab's viele in dieser ländlichen Gegend. Das würde überhaupt nicht auffallen. Jani war sehr zufrieden mit ihrem kriminalistischen Scharfsinn. Ein Viehwagen wäre die ideale Tarnung, um gestohlene Pferde ungehindert durch die Gegend kutschieren zu können. Fragte sich nur, wohin?

Jani zermarterte sich das Hirn. Wohin brachten die Diebe die Pferde? Und was geschah mit ihnen? Wurden sie verkauft? Aber an wen? Wer hatte schon Interesse an alten, zum Teil sogar kranken Pferden? Weder Händler noch Pferdekenner würden auch nur eine müde Mark für derartige Vierbeiner auf den Tisch legen. Davon war Jani überzeugt. Als Käufer kamen also nur absolute Laien in Frage, die keinerlei Ahnung von Pferden hatten. Gab's davon wirklich so viele, dass sich die Diebstähle lohnten, und ...

Gigolo riss sie mit einem heftigen Prusten aus ihren Gedanken. Und dann schnaubte der Wallach noch einmal. Es hörte sich an, als niese er. Wahrscheinlich war ihm feiner Staub in die Nase geraten. Jani schrak zusammen, tätschelte ihm automatisch beruhigend den Hals und blickte verwirrt auf. Direkt vor ihr lag der Eingangsbereich zu den Stallungen von Lüdershagen. Gigolo hatte den breiten Plattenweg, der linker Hand schnurgerade zur Landstraße führte, zum Halt auserkoren. Gleißendes Sonnenlicht. Jani kniff die Augen zusammen.

Aus nächster Nähe betrachtet sahen die Stallungen noch verwahrloster aus als sonst. Sie wirkten abweisend, fast ein bisschen unheimlich. Und heiß war es. Jani rutschte im Sattel hin und her. Die Reithose klebte feucht und unbehaglich an der Sitzfläche. Kein Baum weit und breit, der in dieser Gegend ein bisschen Schatten spenden würde.

Auffordernd klopfte sie mit den Absätzen gegen Gigolos Bauch. »Auf geht's«, spornte sie ihn an.

Zu ihrer Überraschung weigerte sich der Fuchswallach auch nur einen Schritt in die gewünschte Richtung zu tun. Unruhig tänzelte er auf der Stelle hin und her.

»Was ist los mit dir?«, erkundigte Jani sich vorwurfsvoll, packte die Zügel fester und trieb ihn erneut an.

Der Wallach setzte die Hinterhand unter und machte Anstalten zu steigen.

Jani gab schleunigst die Zügel nach. »Schon gut, schon gut«, besänftigte sie ihn. »Reiten wir eben andersherum.« Vorsichtig nahm sie die Zügel wieder auf.

Der Fuchs holte sie sich mit einer ruckartigen Bewegung zurück, warf den Kopf auf und wieherte.

Jani erschrak regelrecht. »Bist du verrückt«, schimpfte sie unterdrückt. »Nun mal los!« Energisch zog sie ihn nach links.

Gigolo wieherte noch einmal, bevor er sich widerstrebend abwandte.

Jani schien es, als würde sein Wiehern leise zurückgeworfen. Wie ein schwaches Echo. Komisch. Hohe Berge gab's in dieser Gegend nicht. Ob Gigolo Isa und Gigi gehört oder gewittert hatte? Pferde haben ein viel feineres Gehör als Menschen und einen besseren Geruchssinn.

Jani ritt in Richtung Lüdershagen weiter ohne zu ahnen, dass Gigolos Wiehern seinen Artgenossen gegolten hatte, die in den verlassenen Stallungen versteckt waren. Und sie wusste nicht, dass sie einer aufregenden Entdeckung ganz nahe gewesen war.

Kurz vor der Landstraße wandte sie sich nach rechts und ritt parallel zur Straße. Von der Schwester keine Spur. Stattdessen entdeckte Jani den Schäfer, der unter einer dicht belaubten Eiche rastete. Um ihn herum graste die Herde.

»Huhu«, schrie Jani vergnügt, machte winkend auf sich aufmerksam und ritt im Trab auf den Schäfer und seine Schafe zu.

Eine schwarze Schäferhündin, die neben dem Schäfer gesessen hatte, sprang auf und lief ihr schwanzwedelnd entgegen. Genau in dem Moment entdeckte Jani Sissys Nachwuchs. Zwei der Winzlinge hielt der Schäfer auf seinem Schoß. Zwei weitere dieser »Wollknäuel« versuchten gerade auf seine ausgestreckten Beine zu gelangen.

»Oh, sind die süüüüß«, rief Jani entzückt. Und dann noch einmal: »Oh, wie süüüüß!«

Gigolo, dem schrille Laute durch Mark und Bein gingen, legte entsetzt die Ohren zurück.

Auf der Landstraße fuhr in diesem Augenblick ein Lastwagen vorbei. Ein grauer Laster mit blauem Schriftzug. Dem Mann am Steuer quollen fast die Augen aus dem Kopf. Litt er

plötzlich an Halluzinationen? Wie kam dieses Mädchen mit seinem Pferd hierher? War es durch die Luft geflogen? Gab's denn so was? Wie konnten Pferd und Mädchen nur die zehn, zwölf Kilometer bis hierher in so kurzer Zeit zurücklegen?

Tom bemerkte die Kurve erst in letzter Sekunde. Es hätte nicht viel gefehlt und er wäre gegen einen der Chausseebäume gerauscht. Mit Müh und Not schrammte er an den alten Baumriesen vorbei. Als er einen Blick in den Rückspiegel warf, waren Pferd, Mädchen, Schäfer und Schafe verschwunden.

Tom rätselte noch eine ganze Zeit an diesem Vorfall herum. Schließlich gelangte er zu dem Schluss, dass Pferd und Mädchen eine Abkürzung geritten sein mussten. Anders ließ sich ihr Auftauchen an der Landstraße einfach nicht erklären.

Auf die Idee, dass er es mit Zwillingen zu tun haben könnte, kam Tom nicht. Und er bemerkte auch nicht, dass Janis Pferd anders aussah als das von Isa. Zwar waren beide Pferde fuchsfarben, aber Gigolos Fell war dunkler als das seiner Halbschwester und außerdem schmückte sein Gesicht eine schmale Blesse, während sich auf Gigis Stirn lediglich ein kleiner weißer Fleck befand. Dass es sich bei dem einen Pferd um einen Wallach und bei dem anderen um eine Stute handelte, war Tom natürlich auch nicht aufgefallen. Pferdeverstand besaß er nun mal nicht. Und Andy, dem diese Unterschiede mit Sicherheit ins Auge gesprungen wären, befand sich Meilen von Lüdershagen entfernt.

HEIMLICHE WACHEN

»Vati? Darf ich den Hund haben? Bitte, bitte! Sag Ja!« Jani blicke den Vater flehend an. »Der Schäfer schenkt ihn mir. Er will kein Geld dafür. Und er meint, ein solcher Hund wäre ideal für unser Gestüt.«

»Wieso?«, fragte Herr Mencke erstaunt. »Weswegen? Was sollen wir mit einem Hund?«

»Wir könnten ihn als Wachhund ausbilden lassen«, meinte Jani eifrig. »Er könnte das Gestüt bewachen. Zum Beispiel, wenn Verbrecher ...«

»Mein Gott, ihr und eure fixe Idee mit den Pferdedieben.« Herr Mencke warf Isa, die ihm gegenüber saß, einen finsteren Blick zu.

Isa fand das mehr als ungerecht. Sie ging die Sache mit dem Hund schließlich nichts an.

Obwohl. Einen jungen Schäferhund würde sie auch gern haben. Wäre sie doch statt nach Klein Prietz lieber nach Lüdershagen geritten, dann …

»Ein kleiner Schäferhund wäre nicht schlecht«, mischte die Mutter sich ein. »Wir hatten früher doch immer Hunde auf Ganschow«, erinnerte sie ihren Mann. »Nur damals, als Tobi starb …« Sie ließ den Satz unbeendet.

Herr Mencke hatte um den Neufundländer sehr getrauert. So sehr, dass er gesagt hatte, er wolle nie mehr einen Hund haben. Aber das war Jahre her.

»Ach, Vati, bitte!« Isa vergaß, dass sie stocksauer auf die Schwester war. Und dann kam ihr eine gute Idee. Herausfordernd sah sie den Vater an. »Du hast gesagt, wir dürften uns etwas Besonderes zum Geburtstag wünschen, weil wir in diesen Ferien nicht verreisen. Und jetzt, wo wir uns einen Hund wünschen …«

»... der noch nicht mal was kostet«, hieb Jani in die gleiche Kerbe, während die Mutter sehnsüchtig seufzte: »Ein kleiner Schäferhund, ach, das wäre schön.«

Herr Mencke runzelte die Stirn. »Ihr steckt mal wieder unter einer Decke«, beschuldigte er die drei. »Und außerdem habt ihr erst in zwei Monaten Geburtstag«, wandte er sich an die Zwillinge.

Zu seiner Überraschung nickte Isa strahlend. »Genau! Passt doch prima. Welpen müssen mindestens zehn Wochen bei der Mutter bleiben. Besser sind sogar zwölf Wochen ...«

Haarklein setzte sie dem Vater auseinander, warum eine lange Verweildauer der Welpen bei der Hündin von Vorteil war. Jani und die Mutter unterstützten sie nach Kräften. Ausdrücke wie Sozialverhalten, Instinktentwicklung und Intelligenz schwirrten durch die Luft.

Herr Mencke gab sich schließlich geschlagen. »Okay, okay«, stimmt er zu. »Ihr bekommt den Hund.« Den Jubel der Zwillinge unterbrach er noch mal. Er blickte die beiden streng an. »Aber ihr kümmert euch um ihn. Nicht, dass Mutter …«

Der Satz blieb ihm im Halse stecken, denn Jani, die neben ihm saß, umarmte ihn stürmisch. »Du bist der beste Vater, den es gibt.«

Seinen halb erstickten Protest: »Das sagst du immer, wenn es nach deinem Kopf geht«, nahm sie kaum wahr.

Vergnügt drehte sie sich nach Isa um. »Nehmen wir einen Rüden oder lieber eine Hündin?« Auch Jani hatte vergessen, dass sie mit Isa auf Kriegsfuß stand.

Erst als beide ins Bett gingen, fiel ihnen der Streit wieder ein. Isa angelte sich betont auffällig den Wecker vom Nachttisch. »Mitternacht, oder später?« Sie zog die Augenbrauen hoch und sah die Schwester abwartend an.

Jani biss sich auf die Lippen. War ja klar. Umsonst gab's nun mal nichts im Leben. Sie zuckte mit den Achseln. »Mitternacht«, brummte sie und ließ sich auf ihr Bett fallen. »Und du brauchst gar nicht so triumphierend zu gucken. Ich freue mich nur so auf den Hund. Deswegen gehe ich mit.«

»Okay, okay«, sagte Isa friedfertig und stellte den Wecker. »Schön, dass du mitmachst«, fügte sie dann versöhnlich hinzu. »Ohne dich macht's nur halb so viel Spaß.«

Jani nickte und knipste das Licht aus.

In der Dunkelheit tauschten die Zwillinge flüsternd ihre Erlebnisse des Nachmittags aus. Jani erzählte fast ausschließlich von Sissy und ihrem Nachwuchs. Gigolos ungewöhnliches Verhalten vor den Stallungen von Lüdershagen und ihre Überlegungen bezüglich des Viehtransporters erwähnte sie nur am Rande.

Als Isa schließlich an der Reihe war und von ihrem Zusammentreffen mit dem Fahrer des Lastwagens berichtete, knipste Jani das Licht wieder an. »Ein grauer Laster mit Aufschrift: ›Umzüge nah und fern‹?«, echote sie überrascht. »Aber den fuhr der Mann, der mir damals geholfen hat, als Gigolo sich das Hufeisen lostrat.«

Isa schüttelte ungläubig den Kopf. »Du musst dich irren«, sagte sie bestimmt. »Deinen hilfreichen Engel habe ich schließlich selbst unten an der Koppel getroffen. Der Mann von heute Nachmittag sah ganz anders aus. Mittelgroß, dunkelhaarig, muskulös. Ein Gesicht wie 'ne Bulldogge. Ein unangenehmer Typ. Hat mich einfach verscheucht, als ob ich 'ne lästige Fliege wäre. Aber dem hab ich's gegeben.« Isa hörte sich sehr zufrieden an.

Es war Jani, die dahinter kam, dass es zwei verschiedene Fahrer des Lastwagens geben musste. »Wahrscheinlich fahren die abwechselnd«, meinte sie gähnend. »Vielleicht gibt's außer den beiden, die wir kennen, noch mehr Fahrer.«

Isa nickte schläfrig. »Gut möglich«, stimmte sie der Schwester zu. »Aber das kann uns egal sein.«

Sie löschte das Licht, rollte sich auf die andere Seite und kuschelte sich unter der Bettdecke zusammen.

Um Mitternacht rasselte der Wecker. Isa und Jani holten beide stöhnend aus, um ihn mit einem gezielten Schlag zum Schweigen zu bringen. Wie immer schlugen sie sich dabei gegenseitig auf die Finger.

»Au«, murrte Isa und knipste das Licht an. »Musst du immer so fest zuschlagen?« Ein Blick auf die Uhr ließ sie ihren Unmut vergessen. Es war Mitternacht und keineswegs morgens sechs Uhr dreißig, wie sie befürchtet hatte. Keine Schule! Sommerferien! Herrlich! Isa war sehr zufrieden. Man musste sich nur mitten in der Nacht den Wecker stellen, um Ferien so richtig zu genießen!

»Steigen wir aus dem Fenster oder nehmen wir die Treppe?«, fragte Jani während sie in Jeans und Sweatshirt schlüpfte. Isa war natürlich dafür, aus dem Fenster zu klettern.

Es ging leichter als gedacht, was hauptsächlich dem Erkerdach über dem Esszimmer zu verdanken war. Isa und Jani ließen sich vorsichtig hinabgleiten und sprangen von dort aus zu Boden.

»Na, bitte«, freute sich Isa und knipste ihre Taschenlampe an. »Wir gehen als Erstes zu der Koppel am See«, bestimmte sie.

Jani war einverstanden.

Eine Viertelstunde später stellten beide fest, dass es ziemlich mühselig war, zu Fuß durch die Gegend zu laufen. »Morgen nehmen wir unsere Fahrräder«, entschied Isa.

Jani unterdrückte ein Stöhnen. Sie hatte gehofft, dass es bei dieser einen Nachtwache bleiben würde.

Als sie weitere fünfzehn Minuten später die Koppel erreichten, fuhr beiden der Schreck in die Glieder. Die Koppel war leer. Nicht ein einziges Pferd war darauf zu sehen. Zu spät! Sie waren zu spät gekommen. Die Diebe hatten sämtliche Pferde gestohlen.

Sämtliche Pferde? Das war ja wohl nicht möglich, dachte Isa. Dreißig, vierzig Pferde – und so viele waren mit Sicherheit auf der Koppel gewesen! – konnten die Diebe unmöglich auf einmal verschwinden lassen, und ...

»Jetzt fällt's mir ein.« Jani schlug sich mit der flachen Hand gegen die Stirn. »Die sind oben auf den Koppeln hinterm Haus. Vati meinte, da wären sie besser aufgehoben.«

»Und darauf kommst du erst jetzt?« Isa war sauer. »Da lässt du mich stundenlang durch die Gegend rennen ...« Erst dann wurde ihr klar, dass Jani schließlich mitgelaufen war. »Also gut. Gehen wir jetzt rüber zur Waldkoppel und dann zurück zum Haus. Die Koppeln am unteren Bruch schenken wir uns«, entschied sie grimmig und schaltete ihre Taschenlampe aus.

Mond und Sterne schienen hell genug, damit sie sich zurechtfanden. Erst als sie in den Wald kamen, brauchten sie die Lampen wieder.

Die Pferde auf der Koppel hoben erstaunt die Köpfe, prusteten und schnaubten zur Begrüßung. Neugierig kamen einige zum Gatter.

»Beruhigt euch, beruhigt euch. Wir wollten nur sehen, ob's euch gut geht.« Die Zwillinge streichelten über Stirnen und Nasenrücken, klopften den Vierbeinern den Hals.

Isa schaute auf die Armbanduhr. »Halb zwei«, murmelte sie. »Mir tun die Füße weh.«

Jani ging es nicht anders. Und spannend fand sie den nächtlichen Ausflug schon längst nicht mehr.

Müde machten sich die beiden auf den Rückweg und waren dankbar, als sie vierzig Minuten später die Hauskoppeln vor sich liegen sahen. Die Pferde dösten im Mondschein vor sich hin. Nur wenige hoben den Kopf und spitzten die Ohren, als sich die Mädchen ihnen näherten.

»Weißt du, wie viele es sein müssten?«, fragte Isa die Schwester.

Jani wusste es nicht. »Keine Ahnung«, gähnte sie herzhaft. »Ist mir auch piepegal. Sieht aus, als ob sie vollzählig wären. Also lass uns endlich zurück ins Bett gehen.« Sie war sehr erleichtert, als Isa zustimmte.

Minuten später trafen sie beim Wohnhaus ein und ihre Gesichter wurden lang und länger.

»Ohne Leiter kommen wir da nie rauf«, stellte Isa ernüchtert fest. »Wir müssen eine aus dem Geräteschuppen holen.«

»Der ist abgeschlossen.« Jani hörte sich fast schadenfroh an. »Du und dein Aus-dem-Fenster-klettern! Ich hab ja gewusst, dass das schief geht, nun …«

Ein herber Rippenstoß von Isa ließ sie verstummen. »Hör auf rumzujammern! Überleg dir lieber, wie wir ins Zimmer kommen, bevor die Eltern aufwachen.« Sie warf einen Blick auf die Uhr: »Das wird in spätestens vier Stunden der Fall sein. Also lass dir was einfallen.«

Aber Jani fiel nichts ein. Stattdessen kam

Isa auf die Idee, in der Scheune zu übernachten. Im Heuschober, um genau zu sein.

Jani protestierte gegen diesen Vorschlag. Heu war piksig. Es war ungemütlich, darauf zu schlafen. Sie wollte in ihr Bett. Aber leider war das nicht möglich. Murrend und knurrend stieg Jani schließlich in der Scheune hinter der Schwester die schmale Leiter zum Heuboden hinauf. Bis zum Einschlafen dachte sie über Möglichkeiten nach, unbemerkt ins Haus zu gelangen. Ihr graute vor dem Morgen. Ihr graute vor dem Vater. Ihr graute einfach vor allem. Und Schuld an dem ganzen Schlamassel war wieder einmal ihre Schwester.

Isa, von keinerlei Ängsten geplagt, schlief wie ein Murmeltier.

Es war kurz vor sieben Uhr, als die Flügeltüren der Scheune geöffnet wurden. Isa war schlagartig wach. Vorsichtig spähte sie über den Rand des Heubodens nach unten, duckte sich dann aber schnell. Der Vater! Ausgerechnet! Wieso saß er nicht in seinem Büro? Warum musste er bloß heute als Erstes die Scheune inspizieren? Hatte er etwa entdeckt, dass sie nicht in ihren Betten schliefen? Isa rieselte ein Schauer über den Rücken. Alles, nur das nicht. Neben ihr drehte sich Jani raschelnd von der Seiten- in die Rückenlage. Brummen tat sie auch noch dabei. Fehlte nur, dass Vater sie hörte.

Isa reagierte blitzschnell, warf sich mit ihrem gesamten Gewicht auf die Schwester und hielt ihr mit beiden Händen den Mund zu. Die Augen auch. Aber das war unbeabsichtigt.

Jani erlitt den Schock ihres Lebens. Verzweifelt wehrte sie sich gegen den vermeintlichen Angreifer. Wie ein Aal auf dem Trockenen wand sie sich hin und her. Endlich gelang es ihr, die Hand vor ihren Augen zur Seite zu schieben. Für einen winzigen Moment blendete sie das Licht. Dann war wieder alles dunkel.

Herr Mencke hatte die Scheune verlassen

und schloss gerade das Tor. Eine vertraute Stimme drang an Janis Ohr.

»Sei leise.« Unverkennbar Isa. »Vati ... Scheune ... lass mich los, verdammt noch mal.«

Janis Muskeln erschlafften. Reglos lag sie da, wagte kaum zu atmen. Der Vater in der Scheune ... nicht auszudenken, wenn er sie entdeckt hätte ... Wäre sie doch nie zu dieser Nachtwache aufgebrochen ...

»Du schläfst doch nicht etwa schon wieder?« Isa war verwundert darüber, dass Jani nichts sagte, und puffte die Schwester auffordernd in die Seite. Das jedenfalls beabsichtigte sie. Wegen der Dunkelheit verfehlte sie ihr Ziel und die Faust landete in Janis Magen.

Jani verzieh Isa dieses Missgeschick eine Stunde später, als sie beide – ohne, dass ihr nächtlicher Ausflug entdeckt worden war! – am Frühstückstisch saßen.

Taktik und Strategie waren dafür nötig gewesen. Isa beherrschte beides. Frech wie

Oskar war sie um kurz nach sieben ins Haus gestürmt und hatte die Mutter gefragt, ob Jani schon beim Frühstück sei. Frau Mencke, restlos überrascht, hatte verneint. »Also ist sie noch im Stall. Ich hole sie schnell.« Isa war losgeflitzt und Minuten später hatten sie und Jani am Frühstückstisch Platz genommen. Das Einzige, worüber sich die Mutter gewundert hatte, war, dass sie in den Ferien so früh aufstanden.

GEWITTERSTIMMUNG

»Ich kann nicht mehr«, jammerte Jani drei Tage – oder besser gesagt drei Nachtwachen – später, als die Mädchen ihre Pferde putzten.

»Stell dich nicht so an«, keuchte Isa gepresst. Sie war gerade dabei, Gigis Bauch mit der Kardätsche zu bearbeiten. Die Fuchsstute war kitzelig. Auch heute schlug sie unwillig mit dem Hinterhuf unter ihren Leib, als ihre Besitzerin sich diesem prekären Punkt näherte. »Lass das«, fauchte Isa und fuhr – an Jani gewandt – gereizt fort: »Du gehst mir auf den Keks mit deinem ewigen Gejammere! An die zwanzig Pferde sind inzwischen geklaut worden. Die Polizei tritt mit ihren Ermittlungen auf der Stelle. Vati denkt nicht daran, Wachen aufzustellen. Also bleibt uns gar nichts anderes übrig, als uns die Nächte um die Ohren zu schlagen. Du willst doch auch nicht, dass unsere Pferde gestohlen werden, oder?«

Natürlich wollte Jani das nicht. Aber sie bezweifelte inzwischen, dass ihre Nachtwachen sinnvoll waren. Wahrscheinlich hatten die Eltern Recht, dass ihren Pferden keine Gefahr drohte. Trakehner waren ohne Papiere nun mal nicht zu verkaufen. Und vermutlich wussten die Diebe das.

Wenig später ritten Isa und Jani vom Hof. Sie wollten dem Schäfer – besser gesagt Sissy und ihren Welpen – einen Besuch abstatten, um sich »ihren« Hund auszusuchen. Ob sie einen Rüden oder eine Hündin wählen sollten, wussten sie immer noch nicht. Und ganz nebenbei wollten sie nach einem Viehtransporter Ausschau halten. Einem, mit einem fremden Kfz-Kennzeichen.

Eine ganze Zeit lang trabten sie schweigend ihrem Ziel entgegen. Es war drückend heiß. Schwül. Kein Vogelgezwitscher. Auch den

Piepmätzen scheint es zum Tirilieren zu heiß zu sein, dachte Jani und wünschte sich weit weg in die kühlen Fluten des Schwimmbads von Güstrow. War ja verrückt bei diesem Wetter einen Ausritt zu unternehmen.

»Guck mal!« Isa riss sie aus ihren Gedanken und deutete zum Himmel hinauf. »Sieht aus, als ob ein Gewitter aufzieht.«

Am Horizont türmten sich bedrohlich dunkle Wolken. Schon bald verdeckten sie das Sonnenlicht. Dumpfes Donnergrollen war zu hören.

»Lass uns zurückreiten«, meinte Jani besorgt.

»Das schaffen wir nicht mehr«, lehnte Isa ab. »Am besten, wir stellen uns irgendwo unter. Bis zu den Stallungen vor Lüdershagen ist es nicht mehr weit. Da finden wir bestimmt ein trockenes Plätzchen, bis das Gewitter vorbei ist.«

Jani wäre lieber zurückgeritten, aber schon fielen die ersten schweren Tropfen zu Boden.

Das gab den Ausschlag. Die Mädchen setzten ihre Vierbeiner in Bewegung und erreichten Minuten später den Wald. Die Blitze zuckten gespenstisch im Dämmerlicht. Donnergrollen war zu hören, das zu Getöse anschwoll.

Isa und Jani ritten im Galopp ihrem Ziel entgegen. Plötzlich setzte prasselnder Regen ein. Wie auf Kommando zügelten die Zwillinge ihre Pferde und wechselten einen viel sagenden Blick miteinander. Es war Unsinn, in diesem strömenden Regen weiter zu reiten. Sie würden patschnass sein, bis sie die Stallungen erreichten. Besser, sie blieben hier bei dem kleinen Unterstand am Waldrand, der ihnen allerdings nur notdürftig Schutz bot. Die weite Ebene mit den Stallungen lag vor ihnen.

Und dann sahen sie den Mann im grauen Kittel, der plötzlich zwischen den lang gestreckten Gebäuden auftauchte und nach einem prüfenden Blick gen Himmel wieder verschwand.

»Ach du große Schande«, murmelte Isa bestürzt und wollte im ersten Moment den Rückwärtsgang einlegen. Trotz der Entfernung hatte sie den Mann erkannt. Kein Zweifel. Es war der Fahrer des Lastwagens, mit dem sie aneinander geraten war. Sie war froh nicht zu den Stallungen geritten zu sein.

»Was ist los?« Jani lenkte Gigolo an ihre Seite. »Siehst du Gespenster?«

Die Schwester war ziemlich blass um die Nase. Hatte sie seit neuestem Angst vor Gewittern? Jani fühlte sich plötzlich stark. Allerdings nur so lange, bis Isa ihr mitteilte, um wen es sich bei dem Fremden handelte. Auch Jani war froh nicht zu den Stallungen geritten zu sein. Wahrscheinlich hätte der Mann sie mit Isa verwechselt und seinen Ärger an ihr ausgelassen. So war das immer. Schicksal eines Zwillings.

Isa, die inzwischen ihren Schreck überwunden hatte, zog die Stirn in Falten. »Was der wohl hier will?«, wunderte sie sich. »Ich wette, der hat was auf dem Kerbholz. So wie der um die Stallungen schleicht«, fügte sie mit blitzenden Augen hinzu. »Wahrscheinlich ...«

Weiter kam sie nicht, denn Jani fiel ihr ins Wort. »Ach was, der hat Schutz vorm Regen gesucht. Genau wie wir«, sagte sie energisch.

Isa war diese Erklärung natürlich zu zahm. »Denk mal logisch«, forderte sie die Schwester überheblich auf und wies genervt darauf hin, dass der Unbekannte das Gewitter genauso gut in seinem Lastwagen hätte abwarten können.

Jani platzte der Kragen. »Ich seh keinen Laster. Du vielleicht?«, und als Isa schwieg, setzte sie entschieden hinzu: »Vermutlich ist der andere Fahrer damit unterwegs. Und jetzt lass uns endlich zurückreiten. Hier wird's ungemütlich nass.« Ohne auf eine Antwort zu warten wendete sie Gigolo zwischen den Bäumen und ritt den Weg, den sie gekommen waren, zurück.

Isa blieb nichts anderes übrig, als der Schwester zu folgen. Aber sie ärgerte sich. Sie hätte dem Fremden bei den Stallungen gern nachspioniert. Aber mit Jani war mal wieder nichts anzufangen.

Zu Hause angekommen rubbelten die Zwillinge wortlos ihre Pferde trocken und putzten Sättel und Zaumzeug, bevor die eine im Badezimmer und die andere unter der Dusche verschwand. Beide waren wütend aufeinander.

So schnell, wie das Gewitter heraufgezogen war, so schnell verschwand es auch wieder. Gegen Nachmittag klarte es auf und die Sonne schien wieder. Jani zog sich mit einem Buch auf die Terrasse zurück und machte Isa damit unmissverständlich klar, dass sie ihre Ruhe haben wollte. Sie blickte noch nicht einmal auf, als die Schwester sich drüben aus dem Geräteschuppen ihr Fahrrad holte. Aber sie bemerkte es. Jani feixte. Aha. Isa begab sich auf Spurensuche. Jani räkelte sich behaglich in ihrem Liegestuhl. Sollte Isa nach den Pferdedieben suchen. Falls der Mann noch da war, würde der Anpfiff wenigstens die Richtige treffen. Sie jedenfalls hatte die Nase voll.

Der Mann war verschwunden. Isa stellte das fest, indem sie aus sicherer Entfernung eine Beleidigung nach der anderen zu den Stallungen hinüberbrüllte. Sie kannte eine Menge Schimpfwörter und laut schreien konnte sie auch. Ihrer Meinung nach hätte der Mann spätestens bei »alter Vollidiot« auftauchen müssen. Er tat es nicht. Also war er nicht mehr da. Hoffnungsvoll radelte sie über die nassen Wiesen auf die Stallungen zu. Beim Eingang hielt sie ernüchtert an. Pfützen. Riesige Pfützen umgaben die Gebäude. Es war sinnlos, nach etwaigen Spuren Ausschau zu halten. Falls es je welche gegeben hatte, waren sie durch den starken Regen beseitigt worden.

»So 'n Mist«, brummte Isa. In diesem

Moment fiel ihr Blick auf einen Haufen Pferdeäpfel, zwei Meter vor ihr auf dem Plattenweg. Trotz des Regens waren sie noch gut zu erkennen. Ein bisschen zermatscht. Aber trotzdem. Die Frage, wie Pferdeäpfel hierher kamen, jagte ihr einen eisigen Schauer über den Rücken. Pferdeäpfel, Pferdediebe, kombinierte Isa und hielt den Atem an. Sie bekam eine Gänsehaut. Diese Pferdeäpfel waren äußerst verdächtig. Doch dann fiel ihr plötzlich Jani ein. Sie hatte erzählt, dass sie tags zuvor zu den Stallungen geritten war. Isa stieß enttäuscht die Luft aus. Vermutlich hatte Gigolo geäpfelt. Irgendwie nahm sie das dem Fuchswallach übel.

Nach kurzem Zögern entschied sie sich zur Weiterfahrt. Missmutig trat sie in die Pedale und radelte auf dem Plattenweg in Richtung Landstraße. Der Wind frischte auf. Rückenwind! Isa schaltete in den dritten Gang, steigerte das Tempo.

Sie war etwa zwanzig, dreißig Meter von

der Landstraße entfernt, als plötzlich der graue Lastwagen vor ihr auftauchte. Isa stieg voll in die Bremsen und kam schlitternd zum Halt.

Der Fahrer des Lastwagens drosselte die Geschwindigkeit und setzte den Blinker.

Verdammt! Er wollte in den Plattenweg einbiegen. Jetzt konnte sie sein Gesicht erkennen. Isa geriet in Panik. Die Bulldogge! Ausgerechnet! Das konnte auch nur ihr passieren.

Unfähig sich zu rühren starrte sie den Mann im Führerhaus an. Für einen winzigen Moment kreuzten sich ihre Blicke. Und dann geschah etwas Merkwürdiges. Das Blinkzeichen erlosch, der Motor heulte auf, der Laster gewann an Geschwindigkeit und brauste geradeaus die Landstraße entlang. Kurz darauf war er nicht mehr zu sehen.

»Puh.« Isa atmete auf und fuhr sich mit allen zehn Fingern durch die Haare. Das war ja gerade noch einmal gut gegangen. Und dann mischte sich plötzlich Misstrauen in das

Gefühl der Erleichterung. Wieso war der Mann weitergefahren? Hatte er sie nicht erkannt? Plötzlich fror sie. Er hatte sie erkannt, dessen war sie sich ganz sicher. Wollte er eine Begegnung mit ihr vermeiden? Aber warum? Isa zermarterte sich das Hirn nach einer Antwort auf diese Frage. Aber sie fand keine.

PFERDE IN GEFAHR

Im Fernsehen liefen die abendlichen Regionalnachrichten. Isa und Jani langweilten sich. Die Eltern hörten jedoch interessiert zu. Der Oberbürgermeister von Güstrow hatte einen Kindergarten eingeweiht; in Bölkow feierte die Feuerwehr ihr fünfzigjähriges Bestehen; in Tieplitz wurde dem Vorsitzenden des Verbandes der Kleintierzüchter zum sechzigsten Geburtstag gratuliert und Sieger und Platzierten der Regatta auf dem Inselsee wurden die Medaillen für ihre Glanztaten überreicht. Nach fünfminütiger Werbung kamen die Kurznachrichten in Schlagzeilen. Ein Sprecher las sie in beinahe gelangweiltem Tonfall vor. »Die Pferdediebe schlugen gestern Nacht erneut zu. In Neu Wokern bei Teterow entwendeten sie vier Pferde. Bewohner des östlichen Landkreises werden um besondere Aufmerksamkeit gebeten. Hinweise nimmt die Polizeistation in Güstrow entgegen.« Hier holte der Sprecher tief Luft, was sich im Mikrofon wie ein mittleres Sturmgetöse ausnahm. »Und weiter mit Krakow am See. Die Fahrzeiten der Fährschiffe …« Isa und Jani hörten nicht mehr zu. Wortlos standen sie auf und verließen auf Zehenspitzen das Wohnzimmer.

»Wenigstens können wir uns die Nachtwachen sparen«, meinte Jani erleichtert, als sie die Treppe zu ihrem Zimmer hinaufstiegen.

»Wie kommst du denn darauf?« Isa blieb überrascht stehen.

»Weil Teterow mindestens dreißig Kilometer von hier entfernt ist.« Jani hatte mal wieder das Gefühl sich verteidigen zu müssen. »Und außerdem hat der Sprecher ›östlicher Landkreis‹ gesagt. Also droht uns hier keine Gefahr mehr.«

»Wie willst du das wissen?«, fuhr Isa empört auf. »Was sind schon dreißig Kilometer für einen Viehtransporter?« Sie gab die Antwort gleich selbst. »Ein Klacks sind sie für den! Klar? Also bleibt's dabei. Basta.« Sie lief die restlichen Stufen hoch, stürmte ins gemeinsame Zimmer und schnappte sich den Wecker. »Und wenn du nicht mit willst, gehe ich eben allein«, drohte sie.

»Tu's doch!«, giftete Jani und warf sich auf ihr Bett. »Von mir aus schlag dir die Nacht um die Ohren. Ich hab dazu keine Lust mehr!« Sie zog sich in Windeseile aus und schlüpfte ins Bett. Der Schwester drehte sie den Rücken zu. Minuten später war sie eingeschlafen.

Das Weckerrasseln um Mitternacht riss nicht nur Isa aus süßen Träumen. Auch Jani wurde wach. Sie tat trotzdem, als ob sie tief und fest schliefe. Aber heimlich beobachtete sie die Schwester. Als Isa im Schein der Taschenlampe zur Tür schlich, wälzte Jani sich zufrieden auf die andere Seite. Ein leichtes Klicken,

Isa hatte das Zimmer verlassen. Jani horchte auf weitere Geräusche. Manchmal knarzten die Treppenstufen. Heute nicht. Komisch. Sie setzte sich auf, neigte lauschend den Kopf. Ganz plötzlich war ihre Müdigkeit verschwunden.

Isa tappte unterdessen mit den Schuhen in der Hand die Treppe hinunter. Geräuschlos öffnete sie die Haustür, steckte den Schlüssel in ihre Hosentasche und zog die Tür vorsichtig hinter sich ins Schloss. Befriedigt nickte sie mit dem Kopf. Der reichliche Einsatz von Graphit hatte Wunder gewirkt. Viel besser als Öl! Und weniger auffällig.

Isa schlüpfte in ihre Joggingschuhe, band sie zu und holte ihr Fahrrad aus dem Schuppen. Erst einmal zu den Hauskoppeln, dann weiter zum Wald und über Teich-, Bruch- und Fohlenkoppel zurück zum Gestüt, legte sie in Gedanken die Route fest. Um nicht schon von weitem gesehen zu werden, fuhr sie ohne Licht.

Jani, die sich genau sieben Minuten nach ihr auf den Weg machte, sah keine Spur mehr von der Schwester. Unschlüssig wartete sie ein Weilchen, entschied sich dann, als Erstes zur Fohlenkoppel zu radeln.

Sie begann die Route in genau umgekehrter Reihenfolge.

Unterdessen zählte Isa bereits die Pferde auf der Hauskoppel. Inzwischen war sie bestens darüber informiert, wie viele Pferde auf welchen Koppeln standen.

»... dreißig, einunddreißig, zweiunddreißig«, murmelte sie vor sich hin. Das Ergebnis war zufrieden stellend, weil alle Pferde vorhanden waren, aber Isas Laune sank trotzdem beträchtlich. Enttäuscht radelte sie weiter.

Nach ein paar hundert Metern fiel ihr auf, dass es verdammt dunkel war. Unheimlich dunkel. Reiß dich zusammen, befahl sie sich selbst. Plötzlich war ein helles Knacken zu hören. Atemlos lauschte sie. Das Geräusch wiederholte sich nicht. Isa entspannte sich etwas. Alles, was mir jetzt noch fehlt, ist eine krächzende Eule oder ein paar aufgescheuchte Fledermäuse, dachte sie. Zu komisch, dass einem nachts alles so unheimlich vorkommt. Jedenfalls wenn man allein ist. Wenn Jani dabei wäre ...

Huch, stand da jemand? Isa bremste voller Angst und versuchte mit Argusaugen den Waldrand zu durchdringen. Etwas erleichtert atmete sie auf, als sich die vermeintliche Gestalt als abgebrochener Baumstamm entpuppte. Kurz darauf sah sie die Pferde. Erneutes Zählen. Dieses Mal war sie wirklich erleichtert. Alle Pferde waren da.

Isa fuhr weiter zum See und verscheuchte den Gedanken an ihr weiches Bett.

Zwanzig Minuten später näherte sie sich ihrem Ziel.

Sie hatte keine Ahnung, dass sie dabei aus dem Gebüsch, knapp fünfzig Meter vor ihr, beobachtet wurde. Jani, die in diesem Blattwerk Schutz gesucht hatte, überlegte verzweifelt, ob sie einen warnenden Pfiff ausstoßen sollte. Aber bevor sie eine Entscheidung treffen konnte, stieß die Schwester mit dem Lastwagen, genauer gesagt, mit der rückwärtigen, heruntergelassenen Rampe zusammen.

Isa unterdrückte nur mit Mühe einen Aufschrei. Es hätte nicht viel gefehlt und sie wäre gestürzt. Und dann sah sie die beiden Männer. Geistesgegenwärtig glitt sie zu Boden, das Fahrrad mit sich ziehend. Die Pferdediebe! Plötzlich klopfte ihr Herz wie wild. Sie legte sich flach auf den Boden und blickte nach vorn. Einer der Männer führte zwei Pferde an Führstricken zum Koppelgatter. Zwei weitere Pferde standen ein wenig entfernt, offensichtlich angebunden. Und dann drehte sich der zweite Mann, der am Zaun lehnte, um. Isa hielt den Atem an. Die Bulldogge! Jetzt bückte er sich und schob den untersten Balken des Koppeleingangs aus der Halterung.

Isa wartete die weitere Entwicklung der Dinge nicht ab, sondern trat sofort den Rückzug an. In letzter Sekunde dachte sie daran, ihr Rad mitzunehmen. Es hätte ihre Anwesenheit unweigerlich verraten. Hastig, halb geduckt, mit zitternden Knien das Rad vor sich her schiebend, suchte sie Schutz hinter dem nächstbesten Busch.

Starr vor Schreck hockte sie dort, unfähig auch nur einen klaren Gedanken zu fassen. Mit angehaltenem Atem beobachtete sie, wie einer der Männer die Pferde – es waren Berina und Igor – die Rampe hinaufführte.

Als er wieder zurückkam, erkannte Isa ihn. Janis Helfer! Ein Pferdedieb! Deswegen kannte er sich also mit diesen Vierbeinern so gut aus.

Was sollte sie tun? Laut um Hilfe schreien? Würde man sie auf Ganschow überhaupt hören können? Und wenn ja, würde schnell genug Hilfe eintreffen, um die Diebe daran zu hindern, mit den Pferden auf Nimmerwiedersehen zu verschwinden? Isa verwarf diese Möglichkeit sofort.

Fast ohne es zu wollen, stand sie auf, schlich geduckt auf den Laster zu und stieg die Rampe hinauf. Undurchdringliche Finsternis umgab sie.

»Igor, Berina«, flüsterte sie beschwörend. Und dann noch einmal: »Igor, Berina, ganz brav.«

Pferde waren schreckhaft. Aus Angst schlugen sie manchmal aus. Aber solange sie sie hörten, bestand keine Gefahr. Vermutlich sahen die beiden sie sogar. Pferde können gut in der Dunkelheit sehen.

Isa streckte die Arme vor sich aus und ging Schritt für Schritt vorwärts. »Keine Angst, ich bin's nur«, und dann berührten ihre Fingerspitzen die Schweifhaare eines der Tiere. »Brav, gut.«

Isa tastete sich weiter und gelangte schließlich zwischen den Tieren hindurch zu ihren Köpfen. Igor und Berina schnoberten zufrieden durch die Nüstern. Menschliche Gesellschaft war ihnen angenehm.

Dann plötzlich aufgeregtes Schnauben. Für Isa das Signal sich zu Füßen der Pferde niederzukauern. Ihr Herz klopfte zum Zerspringen. Würde man sie entdecken?

Von draußen hörte sie schwach den Hufschlag der Pferde und unterdrücktes Gemurmel der beiden Männer. Isa verwünschte ihren spontanen Entschluss den Lastwagen betreten zu haben.

Und dann polterte auch schon Pferd Nummer drei die Rampe hinauf, gleich darauf das vierte. Schnobern und Prusten. Die Weidegenossen begrüßten sich. Kurz danach war ein leises Quietschen und Scharren zu hören, die Rampe wurde geschlossen. Isa hielt die Luft an, sie rührte sich nicht.

Der Motor wurde angelassen, mit einem kaum merklichen Ruck fuhr der Lastwagen an. Langsam rumpelte er über unwegsames Gelände seinem unbekannten Ziel entgegen.

Isas Herzklopfen legte sich. Sie begann einen Plan zu schmieden. Sowie sie an ihrem Bestimmungsort eintrafen, würde sie die Flucht ergreifen. Mit den Ganschower Pferden natürlich. Wie spät war es eigentlich? Isa drückte auf den Beleuchtungsknopf ihrer Armbanduhr. Fast zwei Uhr morgens. Auf Ganschow schlief noch alles. Niemand würde sie vermissen. Isa fühlte sich bei diesem Gedanken ziemlich einsam und verlassen.

Jani hatte alles mit angesehen. Als Isa im Inneren des Lastwagens verschwand, war ihre erste Idee gewesen, so schnell wie möglich nach Hause zu radeln und Hilfe zu holen. Nach längerem Grübeln – dazu blieb Jani reichlich Zeit, während die Pferdediebe ihre Beutetiere verstauten – entschied sie sich jedoch anders.

Der Vater würde sehr verärgert sein. Er hatte Nachtwachen strikt verboten. Und in seinen Augen waren Verbote dazu da, befolgt zu werden. Jani wusste das nur zu gut. Sie schüttelte sich bei dem Gedanken den ganzen Ärger allein abzukriegen. Und Mutters Angst und Sorge obendrein. Nee, diesmal nicht, entschied sie und dachte an Isa, die sich mal wieder in Sicherheit befand … Na ja, nicht gerade in Sicherheit, aber immerhin außerhalb der Reichweite zorniger und besorgter Eltern.

Jani nahm per Fahrrad die Verfolgung der Pferdediebe auf. Besonders schwierig war das nicht. Der Laster fuhr langsam querfeldein über die Wiesen davon. Jani folgte ihm in respektvollem Abstand und hoffte, dass er nicht irgendwo auf die Landstraße abbog.

IN DER HÖHLE DES LÖWEN

Isa schaltete die Taschenlampe ein. Vorsichtshalber verdeckte sie die Leuchtfläche mit der rechten Hand. Möglicherweise gab es ein Fenster zum Führerhaus? Es gab keins. Aufatmend ließ sie den Lichtstrahl durch ihr Gefängnis wandern. Viel gab es nicht zu sehen. Der Boden war mit Torf bedeckt und direkt neben ihr befand sich ein großer, durchsichtiger Plastiksack mit Äpfeln.

Die vier Pferde schnoberten leise durch die Nüstern und sahen sie aufmerksam an. Neben Igor und Berina hatten die Diebe Galina und Tora gestohlen. Isa verstand das nicht. Galina, die Mutter von Gigi und Gigolo, war bereits über zwanzig Jahre alt. Tora konnte nur unwesentlich jünger sein. Ihr genaues Alter kannte Isa nicht. Wozu, um alles in der Welt, stahlen die Diebe derart alte Pferde? Züchten konnte man mit ihnen nicht mehr.

Knapp zwanzig Minuten später erstarb das Motorengeräusch. Isa verbarg sich so gut es ging hinter dem Plastiksack mit den Äpfeln, hielt die Luft an und lauschte mit klopfendem Herzen. Gedämpft vernahm sie Geräusche, gerade so, als würde scharrend ein Tor geschlossen. Dann unverständliche Bemerkungen der Männer. Der Lastwagen schwankte ein wenig und gleich darauf wurde die Rampe herabgelassen. Ein schwacher Lichtstrahl geisterte durch das Wageninnere.

Isa machte sich so klein wie möglich. Die Furcht vor einer Entdeckung schnürte ihr die Kehle zu. In der Dunkelheit an der Koppel war es ein Leichtes gewesen, sie zu übersehen, aber jetzt?

Natürlich hätte Andy sie entdeckt, wenn er auch nur den geringsten Verdacht gehegt hätte, einen blinden Passagier befördert zu haben. So jedoch war seine ganze Aufmerksamkeit auf die vier Pferde gerichtet. Mit geübten Griffen dirigierte er Galina und Tora die Rampe hinunter. Er wunderte sich noch nicht einmal darüber, dass Igor und Berina, die vorn im Wagen standen, rückwärts traten, bevor er sie überhaupt dazu aufforderte. Dass Isa sie kräftig anschob, ahnte er nicht.

Isa hörte Hufgeklapper, als die Pferde davongeführt wurden. Wo brachte man sie hin? Wo befand sie sich überhaupt? Angestrengt lauschte sie, wartete geraume Zeit in der Stille. Gerade als sie zur Rampe schleichen wollte, um ihre Umgebung zu inspizieren, wurde die Öffnung durch schwachen Lichtschein erhellt. Die Männer kehrten zurück.

»Alles in Ordnung«, hörte sie den einen sagen. »Die Papiere sind fertig.«

»Gut«, antwortete der zweite. »Kowalski und die anderen kommen in knapp einer Stunde. Also lass uns rübergehen und was trinken. Hier stinkt's ja entsetzlich.«

»Pferde stinken nicht.« Der erste Sprecher hörte sich beleidigt an.

Dann entfernten sich die Männer vom Wagen und ihre Unterhaltung wurde undeutlich. Ein Scharren und Quietschen war noch zu hören, dann ein Klicken und es war dunkel. Die Männer hatten das Versteck verlassen.

Isa tastete sich zur Rampe vor und versuchte in der Finsternis draußen etwas zu erkennen. Das war unmöglich. Entschlossen schaltete sie ihre Taschenlampe ein. Der Lichtkegel fiel auf ein großes Tor. Ein Schiebetor. Der Weg in die Freiheit. Isa lief die Rampe hinunter, beleuchtete das Tor und versuchte es zur Seite zu schieben. Aber es ließ sich keinen Zentimeter bewegen. Abgeschlossen. Sie war gefangen. Panik überfiel sie. Wie sollte sie hier jemals wieder rauskommen? Wo war sie überhaupt?

Isa leuchtete ihr Gefängnis ab. Ein breiter gepflasterter Vorraum, in dem der Lieferwagen parkte und dahinter die Pferde. Fünfzehn, zwanzig. Vielleicht noch mehr. Isa nahm sich nicht die Zeit sie zu zählen. Sie standen zu dritt, zu viert in niedrigen Verschlägen, die an Schweinekoben erinnerten. Isa ließ den Lichtstrahl über die Pferde wandern.

»Galina, Tora«, rief sie leise. Sie entdeckte die beiden in einem Kober auf der rechten Seite. Direkt daneben standen Berina und Igor. Nicht nur die angesprochenen Pferde schnaubten und prusteten zur Begrüßung.

»Seid leise«, mahnte Isa ängstlich und dämmte den Lichtkegel mit der Hand ab. »Nicht, dass man uns entdeckt.«

Atemlos wartete sie, bis sich die Aufregung der Vierbeiner gelegt hatte. Vorsichtig schlich sie dann auf dem Mittelgang weiter, bis sie zum Ende des Stalles gelangte. Auf der linken Seite war ein kleiner Raum, der ursprünglich wohl mit einer Tür verschließbar gewesen war. Die Tür fehlte. Eine Futterkammer? Ein Büro? Isa leuchtete hinein. Ein fensterloser

Raum. An der Stirnseite stand ein alter Tisch mit irgendwelchen Papieren, davor ein verblichener Holzstuhl. Auf dem Boden links neben der Tür lag ein Sack aus grober, brauner Jute.

Isa betrachtete ihn genauer. Aha. Kraftfutter. Wenigstens fütterten die Diebe die Pferde. Daneben zwei schwarze Plastikeimer. Vermutlich fürs Tränken. In der Ecke mehrere Halfter und Führstricke. Sonst nichts.

Isa war grenzenlos enttäuscht. Kein Fluchtweg. Mit hängenden Schultern wandte sie sich zum Gehen. Ein letzter Schwenk mit der Taschenlampe durch den kleinen Raum … und dann stach ihr der Tisch ins Auge. Mehrere Stempel und Papiere lagen darauf. Neugierig trat sie näher. Formulare. »Kaufvertrag« stand auf dem obersten Blatt des einen Stapels. Auf dem nächsten stand »Gesundheitszertifikat«. Isa runzelte die Stirn. Das kam ihr bekannt vor. Neugierig stöberte sie in den Papieren herum.

Wenig später ließ sie sich kraftlos auf den

Stuhl sinken und starrte mit entsetzten Augen vor sich hin. Hilflose Wut stieg in ihr auf. Jetzt endlich wusste sie, was mit den gestohlenen Pferden geschehen sollte. Die Pferdediebe hatten keineswegs die Absicht sie zu verkaufen. Sie schafften sie mit gefälschten Papieren über die nahe Grenze, und von dort aus in den nächsten Schlachthof! Alles, was sie wollten, war der Schlachtpreis.

Isas Gedanken überschlugen sich. Mindestens zwanzig Pferde standen in diesem Stall. Und noch viel mehr waren in jüngster Zeit gestohlen worden. Nicht nur in Mecklenburg-Vorpommern, sondern zuvor auch in Brandenburg. Alles passte zusammen. Die Verbrecher brauchten nur auszukundschaften, wo Pferde unbeaufsichtigt auf Koppeln standen. Wenn sie genügend Tiere für einen Transport zusammenhatten, benachrichtigten sie diesen Kowalski …

Isa rieselte ein eisiger Schauer über den Rücken. Kowalski! Die Männer hatten gesagt, dass sie ihn in knapp einer Stunde erwarteten. Sie musste hier raus. Schnell. Sie durfte keine Zeit mehr verlieren. Sie musste sich und die Pferde in Sicherheit bringen.

Isa sprang vom Stuhl, rannte aus dem kleinen Raum und leuchtete mit der Lampe den gesamten Stall ab. Erneut schnaubten und prusteten die Pferde aufgeregt durch die Nüstern. Diesmal war es Isa egal, ob man sie hörte. Mit zitternden Händen schickte sie den Lichtkegel zur Decke. Die Fenster. Warum hatte sie nicht gleich an die Fenster gedacht? Schmale Lichtblenden, die in regelmäßigem Abstand in etwa zwei Meter Höhe an den Längsseiten des Gebäudes entlangliefen. Der Tisch aus dem kleinen Raum würde wahrscheinlich schon reichen, um hinaufzugelangen … Aber die Pferde … Sie musste die Pferde retten! Wenn dieser Kowalski eintraf, war es zu spät.

Und dann fiel Isa ein verwegener Plan ein. Hastig begann sie ihn in die Tat umzusetzen.

Zurück in den kleinen Raum. Halfter – Führstrick ausklinken – die beiden Enden seitlich durch die Ringe des Halfters zwängen – unten genügend Platz lassen, dass das Mittelteil des Stricks als Trensengebiss fungieren konnte – hoffentlich spielte Igor mit – und jetzt mit der provisorischen Trense zurück zu den Pferden.

»Komm Igor.« Sie öffnete den Verschlag. Der Wallach reckte ihr willig den Kopf entgegen. Ohne zu zögern akzeptierte er den Strick als Mundstück und folgte Isa aus seinem Quartier hinaus zum Stalltor.

Er prustete durch die Nüstern, als das Mädchen zurücklief, blieb aber an seinem Platz. Beglückt schnaubte er, als Berina ihm gleich darauf Gesellschaft leistete. Dann folgten Galina und Tora und schließlich alle anderen Pferde. In Reih und Glied standen sie hintereinander in Zweierreihen vor dem Tor.

Vom Trittbrett des Lastwagens aus schwang Isa sich auf Igors Rücken. »So, jetzt könnt ihr kommen«, murmelte sie zufrieden vor sich hin und raffte die Strickenden in einer Hand zusammen.

MIT LIST UND TÜCKE

Jani war den Pferdedieben bis zu den Stallungen kurz vor Lüdershagen gefolgt. Sie sah, wie der Lastwagen in das mittlere Gebäude hineinfuhr und das Tor geschlossen wurde. Sie ließ ihr Fahrrad draußen auf dem Plattenweg stehen und schlich sich an die Stallung heran. Einmal tappte sie mitten in eine große Pfütze. Egal! Wenn sie den Schlüssel aus dem Tor ziehen konnte, dann … Aber Mist! Kein Schlüssel. Die Männer hatten ihn mitgenommen. Was jetzt? Erst einmal abwarten.

Jani zog sich zurück. Aus sicherer Entfernung beobachtete sie, wie die Männer schließlich den Stall verließen und ihn abschlossen. Im Licht ihrer Taschenlampen strebten sie dem gegenüberliegenden Gebäude zu.

Jani nickte zufrieden. Isa war nicht entdeckt worden. Ein Schlüssel knirschte im Schloss. Dann herrschte Stille.

Jani lugte vorsichtig um die Ecke. Die Männer waren verschwunden. Auf Zehenspitzen pirschte sie näher heran. Jetzt hörte sie entferntes Stimmengemurmel. Und dann sah sie den Schlüssel. Ein einfacher Bartschlüssel. Ihn herumzudrehen und aus dem Schloss zu ziehen war eins für Jani. Atemlos lauschte sie. Hatten die Männer das leise Knirschen gehört? Nein. Alles blieb ruhig. Gedämpft und gleichmäßig vernahm sie die Unterhaltung zwischen den beiden. Jani rieb sich die Hände. Das hätte sie schon mal geschafft. Die Männer saßen in der Falle. Jetzt brauchte sie nur noch Isa zu befreien …

Aber das erwies sich als unmöglich. Das große Schiebetor war abgeschlossen.

»Isa«, flüsterte Jani drängend. »Isa, ich bin's. Kannst du mich hören?«

Angespannt lauschte sie. Aber Isa antwortete nicht. Nur einmal vernahm sie ein leises Schnauben und Prusten der Pferde.

»Isa«, rief Jani noch einmal halblaut. »Isa, ich bin hier.«

Aber ihr leises Rufen verhallte ungehört. Wo war die Schwester? Warum antwortete sie nicht? Hatte man sie entdeckt? War sie irgendwo eingesperrt? Fragen über Fragen, auf die Jani keine Antwort wusste.

Auf Zehenspitzen umrundete sie das Gebäude, suchte nach einem zweiten Eingang. Keine Tür, kein Törchen, nichts. Hoch über ihr die Fensterblenden. Zu hoch, um ohne Leiter hinaufzugelangen. Und dann ein matter Lichtschein.

»Isa, Isa!« Jani bekam von ihrer eigenen Stimme ein Gänsehaut. Wieder keine Antwort ... und die Zeit verrann. Was sollte sie tun?

Mutlos hockte sich Jani schließlich auf die gemauerte Umfriedung des ehemaligen Misthaufens und wartete.

Erst das Brummen eines Motors in der Ferne, das die nächtliche Stille durchbrach, riss sie aus ihrer Erstarrung. Kam Hilfe? Hatte man auf Ganschow entdeckt, dass sie und vier Pferde verschwunden waren? Suchte man sie bereits?

Janis Lebensgeister kehrten zurück. So schnell sie konnte, rannte sie in Richtung Plattenweg ... direkt in das grelle Scheinwerferlicht hinein. Bremsen quietschten, Türen schlugen, riesenhafte Schatten kamen auf Jani zu. Eine eisige Stimme sagte: »Wen haben wir denn da?«

Eine Stimme, die Jani durch Mark und Bein ging, sie ihren Irrtum erkennen ließ. »Hilfe! Hilfe!«, schrie sie, und noch einmal schrill und lang gezogen: »Hiiilfe!«

Drinnen im Stall zuckte Isa zusammen. Jani? Wie kam die Schwester hierher? Unter ihr begann Igor unruhig zu tänzeln. Deutlich spürte er ihre Anspannung. Und dann brach draußen die Hölle los. Aufgeregte Stimmen waren zu hören, splitterndes Glas, Flüche. Isa packte die Zügel fester, biss sich auf die Lippen. Sie hatte Angst, irrsinnige Angst.

Leise in den Angeln quietschend, rollte das große Tor zur Seite. Drei, vier Männer standen vor ihr … zuvorderst die Bulldogge … und neben ihm Jani. Mehr sah Isa nicht.

»Vorwärts«, schrie sie und trommelte mit den Absätzen gegen Igors wohl gerundeten Bauch. »Vorwärts!«

Der Braune erschrak und setzte die Hinterhand unter. Blindlings stürmte er voran, direkt auf Tom zu …

Tom verlor die Nerven. Fassungslos blickte er von Isa auf dem riesig anmutenden Pferd zu dem Mädchen an seiner Seite. Träumte er? Heftig zwinkerte er mit den Augen, lockerte unbewusst den Griff um Janis Arm.

Mehr brauchte es nicht. Mit voller Wucht trat Jani ihm gegen das Schienbein, riss sich los und raste an Igors Seite dem Ausgang zu. Hinter ihr Hufgetrappel, aufgeregtes Schnau-

ben und Prusten, ein vereinzeltes Wiehern. Im Pulk drängten die Pferde den Fliehenden nach. Die Männer wichen zur Seite. Noch nicht einmal Andy stellte sich den Pferden entgegen. Es war zwecklos, diese wild dahingaloppierende Herde aufhalten zu wollen. Das Spiel war aus. Jetzt galt es, die eigene Haut zu retten.

Dumpf dröhnten die Hufe über den Wiesenboden. Der Himmel war verhangen, Mond und Sterne verdeckt. Im Osten das fahle Licht des neuen Tages. Isa kauerte sich auf Igors Rücken zusammen. Sie war hundemüde, aber glücklich. Die Pferde waren gerettet. Und dann erreichten sie den Wald. Schützende Dunkelheit umgab sie.

Ehepaar Mencke wurde von lautem Hufgetrappel geweckt. Eine Stampede der Trakehnerpferde? Nein. Hoch über dem Tumult hörten sie Isas Stimme: »Vatiii, Muttiii!«

Menckes stürzten in Pyjamas zur Haustür, rissen sie auf und blickten sprachlos auf die

Pferdeansammlung im Innenhof. Schnauben und Prusten, eisenbewehrte Hufe scharrten und schrammten über das Pflaster. Die Vierbeiner drängten heran.

»Schnell! Ruft die Polizei!«, schrie Isa den Eltern zu und rutschte vom Pferderücken. »Die Diebe sind in den Stallungen kurz vor Lüdershagen!«

Genau in diesem Augenblick bog Jani mit ihrem Rad in den Hof ein. »Ich kann die Kfz-Nummern auswendig«, japste sie atemlos und trat in die Bremsen.

Dann ging alles sehr schnell. Menckes alarmierten die Polizei.

Die Diebe wurden kurz vor der Grenze geschnappt. Widerstandslos ließen sie sich festnehmen. Andy, Tom und die anderen wanderten für lange Zeit hinter Schloss und Riegel.

Tags darauf rumpelten etliche Autos mit angekoppelten Pferdehängern auf den Hof von Gestüt Ganschow. Herr Tietke kam mit einem Großraumtransporter. Er konnte es kaum glauben, dass seine drei Kutschpferde sich unter den geretteten Tieren befanden. Immer wieder schüttelte er Isa und Jani dankbar die Hände.

Aber es kamen auch Leute, die vergeblich nach ihren gestohlenen Vierbeinern Ausschau hielten. Ein junges Mädchen weinte bitterlich, als sich ihr Wallach Sturmi nicht unter den gefundenen Pferden befand. Alle sahen sie mitleidig an. Schrecklich, wenn man erfahren musste, dass ein geliebtes Tier von gewissenlosen Verbrechern einfach zum Schlachthof gebracht worden war.

Als nach dem Mittagessen Ruhe auf dem Gestüt einkehrte, beschlossen Isa und Jani den gestern buchstäblich ins Wasser gefallenen Ritt zum Schäfer nachzuholen.

»Wenn ich nur wüsste, ob wir eine Hündin oder einen Rüden nehmen sollen.« Jani seufzte, als sie vom Tisch aufstand. »Was meint ihr?«, fragte sie die Eltern.

Herr und Frau Mencke sahen sich an. Dann lächelten sie. »Nehmt zwei«, sagten sie wie aus einem Munde.

Gefahr in der Nacht

DER HEIMLICHE KUNDSCHAFTER

Der Mann war den Weg vom Strand heraufgekommen. Beim Klang der Warnemünder Kirchturmglocken verlangsamte er seinen Schritt und blickte automatisch auf seine Armbanduhr. Mitternacht. Geisterstunde. Das passte. Ein hämisches Lächeln glitt über sein Gesicht. Er tastete kurz nach dem faustgroßen Stein in seiner Jackentasche. Dann schlich er im Schutz der mannshohen Büsche auf das einsam gelegene Haus zu.

Hell schimmerten die weiß getünchten Wände im Mondlicht. Die beiden grünen Holzfensterläden an der Frontseite waren fest geschlossen. Der Mann runzelte die Stirn. Mist! Vielleicht hatte er auf der Rückseite mehr Glück? Lautlos umrundete er das Gebäude und kam schließlich an seinen Ausgangspunkt zurück. Unschlüssig blieb er stehen und lehnte sich mit dem Rücken gegen das verwitterte Holzschild vor dem Hauseingang.

»Zum Postillion« stand darauf. Es war zu dunkel, um die verschnörkelten Buchstaben zu entziffern, aber der Mann wusste, was auf dem Schild stand. Er kannte auch den Text unter dem fett gedruckten Namenszug. Der Postillion bot Ausflugsfahrten mit Pferd und Wagen an. Bei Tag und bei Nacht, im Sommer und im Winter. Sogar bei Schnee und Eis!

Neben zehn Pferden und drei unterschiedlich großen Kutschen besaß der Besitzer des Postillion, Herr Kohl, auch einen Pferdeschlitten.

Der nächtliche Besucher verzog angewidert das Gesicht. Er hasste Herrn Kohl. Er hasste auch dessen Frau und Tochter. Die drei Kohls waren an allem schuld.

Mit einem Ruck stieß er sich vom Schild ab. Was nun? Er zog den schweren Stein aus der

Jackentasche und wog ihn abschätzend in seiner Hand. Hatte ein ganz schönes Gewicht. Sollte er ihn gegen die Haustür schleudern? Der Krach würde die Kohls bestimmt höllisch erschrecken. Das wäre nicht schlecht. Nicht so gut wie eine zerbrochene Fensterscheibe, aber immerhin. Der Mann nahm den Stein von der linken in die rechte Hand und sah zur Haustür hinüber. Dann schüttelte er den Kopf. Nein! Erschrecken war nicht genug!

Achtlos ließ er den Stein zu Boden fallen und bohrte die Fäuste in die Hosentaschen. Tief in seine feindseligen Gedanken versunken, schlenderte er an dem kleinen Haus vorbei in Richtung Scheune und Pferdekoppel. Er musste sich eine andere Rache einfallen lassen. Eine, die den Kohls wirklich schadete und die sie in Angst und Schrecken versetzte.

Zum Beispiel das Haus abfackeln! Der Mann lachte bei diesem Gedanken kurz auf. Das wäre was! Oder die Scheune in Brand setzen. Ja! Das war sogar noch besser. In der

Scheune standen die drei Kutschen und der Pferdeschlitten. Den Kohl würde der Schlag treffen! Er liebte die vierrädrigen Gefährte. Wienerte sie bis zum Gehtnichtmehr. Die Kufen des Schlittens übrigens auch. Und wenn dann nur noch ein Haufen Asche von der ganzen Pracht übrig geblieben war …

Der Mann hielt bei der Scheune an und tastete mit den Händen über die rauen Holzplanken des alten Gebäudes. Sehr gut. Das Zeug würde brennen wie reiner Zunder. Seit drei Wochen hatte es an der Ostseeküste nicht mehr geregnet. Tag für Tag Sonnenschein und Sommerhitze. Alles, was er brauchte, war ein Kanister Benzin. Und den würde er morgen …

Verdammt! Die Versicherung! Dass er daran nicht früher gedacht hatte! Der Kohl würde zwar einen Haufen Papierkram erledigen müssen, aber den Gesamtschaden ersetzt bekommen. Womöglich freute der sich noch, dass er 'ne neue Scheune bekam und neue

Kutschen und einen neuen Pferdeschlitten? Das fehlte noch! Nee, dazu wollte er ihm nun wirklich nicht verhelfen! Also kein nächtliches Zündeln. Aber was dann?

Der Mann ging um die Scheune herum auf die Koppel zu. Die zehn Pferde hoben die Köpfe, spitzten die Ohren und blickten aufmerksam zu ihm herüber. Nächtlicher Besuch war ungewöhnlich. Neugierig kamen sie heran.

»Haut bloß ab«, knurrte der Mann gereizt. Er mochte keine Pferde. Eilig bückte er sich, hob einen Erdbrocken auf und schleuderte ihn den Pferden entgegen. Er freute sich, dass er den Fuchswallach mit der breiten Blesse traf.

Lumpi, so hieß das Pferd, bremste abrupt, warf sich auf der Hinterhand herum und galoppierte in entgegengesetzter Richtung davon. Die anderen Pferde folgten ihm aufgeregt prustend und schnaubend.

»Blöde Viecher!«, schrie der Mann ihnen

unbeherrscht nach. »Große Köpfe, aber kein Hirn!« Erst dann fiel ihm ein, dass es unklug war, so laut zu schreien. Hastig blickte er über die Schulter zum Wohnhaus zurück und atmete erleichtert auf. Er konnte das niedrige Gebäude mit dem tiefgezogenen Reetdach zwischen den hohen Büschen kaum noch erkennen. Es war gut und gern hundert Meter von ihm entfernt. Alles blieb ruhig. Kein Lichtschein schimmerte zwischen den geschlossenen Fensterläden hindurch. Familie Kohl schlief tief und fest.

FALSCHE FUFFZIGER

Die Meteorologen hatten sich mal wieder geirrt. Statt der angekündigten starken Bewölkung mit heftigen Regenschauern und böigen Winden an der Ostseeküste schien dort auch an diesem 20. Juli die Sonne. Dicke weiße Wolken umkreisten sie in respektvollem Abstand.

Melanie Kohl, kurz Lenny genannt, half ihrem Vater beim Anspannen der Pferde. Punkt zehn Uhr wurde Herr Kohl mit der Kutsche am Hotel Neptun erwartet.

Das Neptun war das größte Hotel in Warnemünde. Und das schönste. Und das höchste. Es thronte, schneeweiße neunzehn Stockwerke hoch, am Rand der Dünen. Alle Hotelzimmer hatten Balkon und Meerblick. Im Neptun herrschte zu jeder Jahreszeit Betrieb. Die Gäste kamen von weit her.

Fast alle nutzten das attraktive Angebot, mit Pferd und Wagen die Promenade entlang zum über hundertjährigen Leuchtturm kutschiert zu werden. Oder zu den winzig kleinen »Kapitänshäusern« am alten Strom. Auch Halbtagesausflüge in die nähere Umgebung waren sehr beliebt. Lennys Vater hatte viel zu tun.

Seine Frau fuhr mit der zweiten Kutsche die so genannten Zufallskunden, die bei einem Spaziergang am Postillion vorbeikamen und sich spontan zu einer Fahrt ins Grüne entschlossen.

Lenny fuhr manchmal die dritte Kutsche. Aber das kam nur selten vor. Die Eltern erlaubten nicht, dass sie regelmäßig mitareitete. Während der Schulzeit schon gar nicht. Aber jetzt waren schließlich Sommerferien.

Lenny hoffte an diesem Tag auf starken Kundenandrang. In ihrer Kasse herrschte Ebbe. Das Taschengeld hatte mal wieder nicht gereicht. Noch elf Tage bis zum Monatsende … Die meisten Kunden gaben Trinkgeld.

Lennys Hoffnung wurde erfüllt. Kaum war die Mutter um elf Uhr mit voll besetzter Kutsche davongefahren, kamen die nächsten Kunden. Ein Ehepaar mit Tochter. Alle drei standen vor dem großen Schild am Hauseingang und studierten die Preise. Lenny gesellte sich zu ihnen.

»Möchten Sie eine Kutschfahrt buchen?«, fragte sie höflich und die drei drehten sich nach ihr um.

»Ich weiß nicht recht«, antwortete die junge Frau. »Ist ja ganz schön teuer.« Sie hörte sich vorwurfsvoll an.

Lenny enthielt sich einer Antwort und blieb abwartend stehen.

»Viel zu teuer«, sagte der Mann nachdrücklich.

Lenny sah in puncto Trinkgeld schwarz.

»Och bitte, Papa«, schmeichelte die Tochter. »Bitte, bitte. Wenigstens eine halbe Stunde. Du hast es versprochen …« Das Mädchen, es hieß Ann-Kathrin, wie Lenny im Laufe des Gesprächs erfuhr, wusste die Eltern zu nehmen. Kaum fünf Minuten später war die Kutschfahrt beschlossene Sache. Ann-Kathrin strahlte.

»Ich möchte ein weißes Pferd«, wandte sie sich an Lenny. »Weiße Pferde mag ich nämlich am liebsten.«

»Weiße Pferde nennt man Schimmel«, belehrte Lenny das kleine Mädchen und wies den Gästen den Weg zur Koppel. »Schwarze Pferde heißen Rappen, rötliche sind Füchse und die mit braunem Fell Braune.«

»Aha«, sagte Ann-Kathrins Mutter beeindruckt. »Man lernt doch immer noch etwas dazu.«

Draußen auf der Koppel standen jetzt nur noch sechs Pferde. Zwei von ihnen waren Schimmel. Sie hießen Schneeflocke und Aladin. Ann-Kathrin war begeistert. »Ich will die weißen Pferde, ich will die weißen Pferde«, rief sie aufgeregt. Dann fiel ihr Blick auf Lenny und sie verbesserte sich hastig: »Die *schimmeligen* Pferde will ich.«

Lenny konnte nicht anders. Sie musste einfach lachen. Mit dem Reiterjargon war das so eine Sache. Zwar hieß die korrekte Bezeichnung für ein weißes Pferd »Schimmel«, aber deswegen war es noch lange nicht »schimmelig«.

Ann-Kathrin nahm Lennys Lachen übel. Ihre Eltern offensichtlich auch. Schweigend warteten die drei, bis Schneeflocke und Aladin aus der Koppel geholt und vor den Wagen gespannt waren.

»Na, dann können wir ja endlich«, sagte Ann-Kathrins Vater, als Lenny fertig war. Ganz offensichtlich hatte es ihm zu lange gedauert.

Blöder Typ, dachte Lenny, kletterte auf den Kutschbock und drehte sich nach den dreien um. Sie zwang sich zu einem Lächeln. »Wohin möchten Sie fahren?«, fragte sie höflich.

»Zum Warnemünder Bahn –« Ann-Kathrin brachte ihr Wunschziel nicht vollständig heraus, denn ihr Vater stieß sie mit dem Ellenbogen in die Seite.

»Quatsch«, sagte er ärgerlich. »Richtung Warnemünde. Am besten die Promenade entlang bis zum Leuchtturm«, ordnete er an und lehnte sich behaglich im Polster zurück.

»Bis zum Leuchtturm und zurück brauchen wir aber bestimmt eine Stunde«, wandte Lenny ein. »Das kostet dann …«

»Okay, okay. Ich weiß, was das kostet«, unterbrach der Mann sie gereizt. »Mieten wir die Chaise eben für eine volle Stunde. So, und nun fahr endlich!«

Lenny ärgerte sich. Musste der Typ so unhöflich sein? Am liebsten hätte sie ihn – samt Frau und Tochter – gebeten aus der Kutsche auszusteigen. Aber das ging nicht. Sie und die Eltern brauchten das Geld. Jeden Pfennig brauchten sie. Schließlich mussten die Pferde noch vor dem Winter einen ordentlichen Stall bekommen. Der offene Unterstand auf der großen Koppel reichte bei Eiseskälte nicht.

Lenny nahm die Zügel auf und rief: »Hüh!« Schneeflocke und Aladin zogen an. Langsam rollte der Wagen den Feldweg neben der Koppel entlang. Wenig später ließ Lenny die beiden Pferde antraben. Auf dem trockenen Boden klapperten die Hufe. Die Unterhaltung der drei Gäste war nicht zu verstehen. Nur einmal hörte sie Ann-Kathrin lachen.

Nach knapp einer halben Stunde erreichten sie ihr Ziel. Der Warnemünder Leuchtturm lag vor ihnen. Lenny hielt an, um ihren Gästen Zeit zu lassen, ihn zu bewundern.

Schneeflocke und Aladin schnoberten zufrieden durch die Nüstern.

»Kann man den Leuchtturm besichtigen?« Ann-Kathrins Mutter tippte Lenny auf die Schulter und deutete hinüber zu der Menschenschlange, die vor dem Turm offensichtlich auf Einlass wartete.

Lenny nickte. »Führungen finden zu jeder vollen Stunde statt und dauern rund fünfzehn Minuten«, gab sie Auskunft.

»Au, Klasse! Das machen wir!« Ann-Kathrin kletterte aus der Kutsche. Lenny wunderte sich, dass ihre Eltern nicht widersprachen, sondern ihr hastig folgten.

»Warte hier auf uns«, rief Ann-Kathrins Vater ihr noch zu und lief dann mit langen Schritten hinter Frau und Tochter her. Lenny sah den dreien nach. Schließlich verlor sie sie in der Menschenmenge vor dem Leuchtturm aus den Augen.

Lenny wartete und wartete. Erst um kurz vor ein Uhr dämmerte ihr, dass sie gelinkt worden war. Von Ann-Kathrin und ihren Eltern keine Spur. Die Menschenschlange vor dem Leuchtturm hatte sich aufgelöst. Mittagspause.

Lenny ärgerte sich über sich selbst. Hätte sie doch bloß vor Antritt der Fahrt kassiert. Aber das sah immer so geldgierig aus. Und außerdem rückten die Leute eher ein Trinkgeld heraus, wenn sie erst zum Schluss bezahlen mussten.

»Dumm gelaufen«, knurrte Lenny, nahm die Zügel auf und wendete das Gespann. In flottem Trab ging es zum Postillion zurück.

Die zweite Fuhre am frühen Nachmittag entschädigte sie für das entgangene Vormittagsgeschäft. Die beiden älteren Damen rundeten den Fahrpreis für die zweistündige Kutschfahrt großzügig nach oben auf. Die Fahrt entlang der »Warnow« – dem Fluss, dem Warnemünde seinen Namen verdankt – hatte ihnen großartig gefallen.

Um kurz nach vier Uhr kam dann noch ein junges Paar, das einfach nur ein bisschen »durch die schöne Natur« gefahren werden wollte. Lenny kutschierte die beiden eine Stunde lang durch den Wald zwischen Warnemünde und Diedrichshagen. Auch hier fiel das Trinkgeld reichlich aus.

Lenny entschied, dass sie für einen Tag

genug verdient hatte, brachte das Geld ins Haus und versteckte es in der Schublade des alten Küchenschranks. Dann schrieb sie den Eltern eine Nachricht: *Bin mit Lumpi im Gelände. Pünktlich zum Abendessen zurück. Gruß, Lenny.*

Sie heftete den Zettel mit Tesafilm an die Küchenschranktür und verließ das Haus.

Aus der Scheune holte sie sich Sattel und Zaumzeug, lief zur Koppel und pfiff nach Lumpi. Der Fuchswallach mit der breiten Blesse gehorchte augenblicklich. Eilig trabte er auf das Koppelgatter zu und begrüßte seine Besitzerin mit aufgeregtem Schnauben und Prusten. Lenny tätschelte ihm lachend den Hals. »Wenn du den Sattel siehst, flippst du aus, was?« Sie öffnete das Gatter, sattelte und trenste ihr Pferd auf und schwang sich wenig später auf seinen Rücken.

»Auf geht's«, sagte sie fröhlich und klopfte Lumpi mit den Absätzen gegen den Bauch. Der Fuchswallach spitzte die Ohren und setzte sich in Bewegung. Im flotten Trab ging es den unebenen Feldweg zwischen dem hoch stehenden Getreide entlang. Die unzähligen schlanken Halme mit den prall gefüllten Ähren wogten im leichten Sommerwind wie ein goldgelbes Meer auf und nieder. Kurz vor dem Wald parierte Lenny das Pferd zum Schritt durch und bog links ab in Richtung Strand.

Wenig später ging es im Galopp am Meeressaum entlang. Lumpis Hufe bohrten sich tief in den feuchten Sand und wurden von schwappenden Wellen umspült. Weiße Gischt sprühte auf. Es roch nach Tang und salzigem Meer und die Möwen schrien hoch über ihren Köpfen.

Lenny fasste die Zügel nach und hielt auf die erste Buhne zu. Mit einem respektvollen Satz überwand Lumpi dieses Hindernis, das aus senkrecht im Sandboden verankerten, dicken Pfählen bestand, die vom Strand aus weit ins Meer führten und als Wellenbrecher

dienten. Der Fuchswallach verschärfte das Tempo, streckte sich. Schon war die nächste Buhne heran. In hohem Sprung ging es darüber hinweg. Und weiter zur dritten Buhne und zur vierten und zur fünften. Wieder einmal bedauerte Lenny, dass die weit ins Meer ragende Mole von Warnemünde den herrlich schnellen Ritt beendete. Sie hätte endlos so weitergaloppieren können.

Sieben dumpfe Glockenschläge vom Kirchturm her ließen sie erschrocken auf ihre Armbanduhr blicken. Verdammt. Es wurde höchste Zeit, den Heimweg anzutreten. Pünktlich um halb acht Uhr wurde zu Abend gegessen.

In gestrecktem Galopp ging es den Weg zurück, den sie gekommen waren. Lenny kauerte sich auf Lumpis Rücken zusammen und machte sich so leicht wie möglich. Der Wind pfiff ihr um die Ohren und peitschte durch Lumpis Mähne. Als sie den Waldrand erreichten, wurde es besser. Lenny parierte Lumpi zum Trab durch. Der Fuchswallach schwitzte.

Am Hals war das Fell dunkel verfärbt. Dort, wo die Zügel auflagen, hatte sich feiner weißer Schaum gebildet. Lumpi atmete stoßweise durch weit geblähte Nüstern, als sie in den Feldweg abbogen. Schon von weitem sah Lenny die beiden fremden Jungen an der Koppel stehen und die Pferde füttern.

»Gibt's doch nicht«, knurrte sie. »Drei Verbotsschilder und die füttern trotzdem.« Sie preschte mit Volldampf auf die Fremden zu. »He, ihr da! Verschwindet von unserer Koppel! Aber schnell!«

Die Jungen drehten sich überrascht nach ihr um. Der kleinere der beiden sah schuldbewusst aus. »Aber wir tun den Pferden doch gar nichts. Wir füttern sie nur mit getrocknetem Brot«, rief er und schwenkte zum Beweis eine halb volle Tüte.

»Das ist verboten«, fauchte Lenny ihn an und parierte Lumpi abrupt zum Halt durch. »Was glaubst du, warum hier überall Schilder mit ›Füttern verboten‹ aufgestellt sind?« Sie wartete keine Antwort auf diese Frage ab, sondern fuhr gereizt fort: »Wenn Pferde falsch gefüttert werden, zum Beispiel mit verschimmeltem Brot, dann bekommen sie eine Kolik, und wenn man die zu spät erkennt, dann sterben sie daran.«

Der Junge mit der Tüte sah Lenny entsetzt an. Sein Begleiter war nicht so leicht einzuschüchtern. Lässig stieß er sich vom Koppelzaun ab, kam ein paar Schritte auf Lenny und Lumpi zu und baute sich vor ihnen auf. »Reg dich ab«, empfahl er ihr grinsend. »Das Brot war nicht verschimmelt. Wer bist du überhaupt, dass du hier so rumkommandierst?«

Lenny ärgerte sich. Wütend warf sie den Kopf in den Nacken. »Ich bin Melanie Kohl«, sagte sie sehr von oben herab. »Meinen Eltern gehört der Postillion. Und nun sieh zu, dass du Land gewinnst!«

Leider verfehlten ihre Worte die gewünschte Wirkung. Der Junge dachte gar nicht daran, das Feld zu räumen. Im Gegenteil. Er stemmte die Hände in die Hüften und feixte über das ganze Gesicht. »Ich bleibe hier stehen, so lange ich will«, sagte er frech und wippte herausfordernd auf den Fußspitzen auf und nieder. Sein Freund griff nach seinem Arm.

»Hör schon auf, Fabian«, bat er ängstlich. »Komm, lass uns gehen. Wir müssen sowieso zum Camp zurück. Nun komm schon.«

Er versuchte den Freund mit sich zu ziehen, aber Fabian wehrte ihn unwirsch ab. »Lass mich in Ruhe, Kai.« Er versetzte dem Kleineren einen Schubs und begann wieder auf den Zehen zu wippen. Spöttisch sah er zu Lenny auf. »Ich gehe, wann ich will!«, beharrte er.

Lenny platzte der Kragen. »Das werden wir ja sehen«, rief sie wütend und trommelte mit den Absätzen gegen Lumpis Bauch. Der Fuchswallach sprang mit einem mächtigen Satz vorwärts. Er wirkte plötzlich riesig, bedrohlich und gefährlich.

Kai schrie entsetzt auf und ergriff die Flucht. Fabian hingegen zögerte noch einen winzigen Moment. Schützend hob er die Arme über den Kopf. Er war blass geworden.

Lenny lachte schadenfroh. »Hau endlich ab!«, schrie sie ihn an.

Und diesmal fielen ihre Worte auf fruchtbaren Boden. Auch Fabian gab Fersengeld. Gemeinsam mit seinem Freund rannte er den Feldweg entlang. Erst in sicherer Entfernung hielt er kurz an, drehte sich um und brüllte ihr zu: »Das zahle ich dir noch heim, Melanie Kohl!«

Aber Lenny lachte nur. »Alter Feigling«, rief sie ihm triumphierend nach und tätschelte Lumpi zärtlich den Hals. »Das hast du wirklich fein gemacht«, lobte sie ihn und rutschte vergnügt aus dem Sattel. Wie gut, dass die wenigsten Leute wussten, dass Pferde Menschen nicht über den Haufen rannten.

RACHE IST SÜSS

Herr Kohl ging noch vor dem Frühstück am Sonntagmorgen hinaus zur Koppel. Die Pferde mussten getränkt und gefüttert werden. Obwohl sie auf der Weide standen, erhielten sie Zusatzfutter.

»Wer arbeitet, muss auch ordentlich was zu essen bekommen«, pflegte Lennys Vater zu sagen.

Aus der Scheune holte er den Futterwagen und zog ihn rücklings in Richtung Koppel. Er wunderte sich, dass die Pferde ihn nicht mit erwartungsvollem Schnauben und Prusten begrüßten. Neugierig drehte er sich um und blieb dann fassungslos stehen. Alle zehn Pferde waren verschwunden! Herr Kohl zwinkerte heftig mit den Augen. Vielleicht eine Sinnestäuschung? Nein. Die Koppel war leer. Das Gatter stand sperrangelweit offen!

Zur gleichen Zeit klingelte im Haus das Telefon. Lennys Mutter, die gerade den Frühstückstisch deckte, sauste aus der Wohnküche in den Flur. »Hier Kohl«, meldete sie sich und dann sagte sie eine ganze Zeit lang überhaupt nichts. Ihr Gesicht war ein einziges Fragezeichen. Alle zehn Pferde des Postillion sollten sich vor dem Hotel Neptun befinden? »Wir kümmern uns darum«, versprach sie der Anruferin und legte den Hörer kopfschüttelnd auf. Noch während sie unschlüssig im Flur stand, kam ihr Mann ins Haus gestürzt.

»Die Pferde sind verschwunden!«, rief er ihr zu und riss die Tür zu Lennys Zimmer auf. Mit zwei langen Schritten war er an ihrem Bett. »Du hast vergessen das Koppelgatter zu schließen«, weckte er sie unsanft aus tiefstem Schlummer.

Lenny fuhr verwirrt auf. »Was? Wie?« Sie riss die Augen auf.

»Das Koppelgatter!« Ihr Vater schüttelte sie am Arm. »Du hast es gestern nicht zugemacht. Und jetzt sind die Pferde weg! Alle zehn Pferde!« Seiner Frau, die ihm in Lennys Zimmer gefolgt war, ging ein Licht auf.

»Sie sind auf der Strandpromenade«, sagte sie schnell. »Frau Kapale vom Hotel Neptun hat gerade angerufen.« Begütigend legte sie ihrem Mann die Hand auf den Arm. »Die Pferde sind alle wohlauf. Am besten fahrt ihr mit dem Auto hin.«

Knapp zehn Minuten später brausten Lenny und ihr Vater über die Landstraße nach Warnemünde. Die Fahrt dauerte nicht lange. Herr Kohl nutzte sie, um seinem Ärger Luft zu machen. »Wie konntest du nur vergessen das Gatter zu schließen?«, fragte er sie ein ums andere Mal. »Nicht auszudenken, was alles hätte passieren können!«

Dass Lenny hoch und heilig schwor, sie habe das Gatter zugemacht, nahm er nicht zur Kenntnis. Seine Laune besserte sich erst, als er die Vierbeiner auf der Strandpromenade direkt vor dem Hotel Neptun sah. Alle zehn waren gesund und munter. Sie verspeisten zufrieden die Mohrrüben und Äpfel, die ihnen Frau Kapale großzügig spendierte.

Lenny hatte Lumpis Sattel und Zaumzeug mitgebracht. Während ihr Vater sich bei Frau Kapale für den prompten Anruf bedankte – und natürlich erzählte, dass Lenny am Ausbüchsen der Pferde schuld war! –, sattelte und trenste sie ihren ungetreuen Vierbeiner auf. Erst als sie sich auf seinen Rücken schwang, verabschiedete sich ihr Vater von Frau Kapale und kam auf sie zu.

»Reite den schmalen Weg hinter den Dünen entlang«, ordnete er an. »Und nur im Schritt. Nicht, dass die Pferde schon ausgepowert zu Hause ankommen. Heute steht ihnen schließlich noch ein harter Arbeitstag bevor.« Er klapste Lumpi liebevoll aufs Hinterteil. Für Lenny hatte er noch nicht einmal ein aufmunterndes Nicken übrig.

Als die anderen Pferde merkten, dass einer ihrer Artgenossen in Richtung heimischer Koppel aufbrach, beeilten sie sich ihm zu folgen. Laut klapperten die Hufe über die Promenade. Lennys Vater lief neben den Pferden her, bis sie den Weg hinter den Dünen erreichten. »Schön langsam«, mahnte er noch einmal und sah Lenny und den Pferden nach, bis sie seinem Blick entschwunden waren. Dann ging er zurück, stieg in sein Auto und fuhr in nur zehn Minuten nach Hause.

Lenny brauchte erheblich länger für den Rückweg. Sie war in gedrückter Stimmung. Die ungerechte Anschuldigung ihres Vaters lag ihr im Magen.

»Dabei weiß ich ganz genau, dass ich das Gatter geschlossen habe«, murmelte sie trotzig vor sich hin und Lumpi spitzte interessiert die Ohren. Aber das sah Lenny nicht. Sie war sauer, dass ihr Vater ihr nicht glaubte. Und ein bisschen traurig und obendrein wütend. Sehr wütend sogar.

»Papa ist manchmal wirklich ungerecht«, sagte sie laut. »Mordsungerecht.« Und dann rollten die Tränen. Lenny fühlte sich elend. Es war schrecklich, wenn einem nicht geglaubt wurde. Und noch schrecklicher war, dass sie nicht beweisen konnte, dass sie unschuldig war. Sie wusste genau, dass sie das Koppelgatter geschlossen hatte. Aber was nutzte ihr dieses Wissen, wenn niemand ihr glaubte? Lennys Gedanken liefen eine ganze Zeit lang im Kreis herum. Dann kam von irgendwo her ein neuer Gedanke.

Aber wer hatte dann das Koppelgatter wieder geöffnet?

Lenny war so überrascht, dass sie Lumpi automatisch zum Halten durchparierte. Geräuschvoll zog sie die Nase hoch. Das war's! Jemand anderes hatte das Gatter geöffnet, nachdem sie es verschlossen hatte. Fragte sich nur, wer und warum?

Der gestrige Zusammenstoß mit den fremden Jungen an der Koppel fiel ihr wieder ein.

Fabian! Natürlich! Sie hatte sich seinen Namen gemerkt, weil ihr Cousin genauso hieß. Den Namen des anderen Jungen hatte sie vergessen. Egal. Lenny atmete tief durch. Fabian hatte gedroht, dass er es ihr heimzahlen würde. Ja, das passte. Er hatte die Pferde aus Rache aus der Koppel gelassen. Bestimmt hatte er gehofft, dass sie deswegen Ärger bekommen würde. Und wie Recht er damit gehabt hatte!

Lenny schnitt eine Grimasse. Ihre Tränen versiegten. Energisch trabte sie Lumpi an. Je schneller sie die Pferde zum Postillion zurückbrachte, desto besser. Und dann würde sie Fabian zur Rede stellen. Deutlich erinnerte sie sich daran, dass sein Freund davon gesprochen hatte, »zum Camp zurückzugehen«. Außer dem »Störtebeker« gab es kein Feriencamp in der Gegend.

Als Lenny mit den Pferden beim Postillion eintraf, hatten die Eltern bereits die beiden Kutschen aus der Scheune gezogen und auf

Hochglanz poliert. Der schwarze Lack glänzte im Sonnenschein. Die Speichen der großen Räder leuchteten in hellem Rot. Lennys Mutter war gerade dabei, einen Kühlbehälter im Kutscheninneren zu verstauen. Das sah nach einer längeren Fahrt aus.

Lenny band Lumpi am Gatter fest und half beim Anspannen der Pferde. Ihr Vater fuhr kurz darauf mit Aladin und Schneeflocke davon. Dann wurden Rex und Rator – zwei Rappen – vor die zweite Kutsche gespannt. Lennys Mutter lenkte das Gespann wenig später um die Scheune herum zum Eingang und wartete dort auf die angemeldeten Fahrgäste. Zwei Ehepaare. Pünktlich um zehn Uhr trafen sie ein. Lenny winkte ihnen und der Mutter aufatmend nach.

Lumpi hatte nichts gegen einen weiteren Ritt einzuwenden. Die nächtliche Aufregung auf der Koppel hatte er längst vergessen. Zufrieden prustete er durch die Nüstern, als Lenny ihm mitteilte, dass sie zum Camp Störtebeker reiten würden. Lenny war überzeugt, dass Lumpi sie verstanden hatte.

Diesmal bogen sie vom Feldweg nicht in Richtung Strand ab, sondern ritten geradeaus in den Wald hinein. In gestrecktem Galopp ging es den Weg entlang. Lumpis Hufe dröhnten gedämpft auf dem weichen Boden. Keine Menschenseele weit und breit. Dann kam das Camp in Sicht. Zahllose Zelte und mehrere lang gestreckte Blockhäuser gruppierten sich um einen riesigen Abenteuerspielplatz. Lenny wusste, dass die Jungen in Zelten und die Mädchen in Blockhäusern übernachteten.

Das Camp Störtebeker machte einen verlassenen Eindruck. Wahrscheinlich tummelten sich seine Gäste bei diesem herrlichen Sommerwetter unten am Strand. Lenny war sauer. Wie sollte sie Fabian und seinen Freund inmitten des Menschengewühls dort ausfindig machen? Na ja, versuchen konnte sie es.

Im Schritt dirigierte sie Lumpi quer durch den Wald hinunter zu Dünen und Strand. Ihr plötzliches Auftauchen unter den sonnenhungrigen Badegästen erregte mehr Aufmerksamkeit, als ihr lieb war.

»Ein Pferd, ein Pferd!«, schrie ein kleiner Junge begeistert, schmiss Eimer und Schaufel in den Sand und stürzte auf Lenny und Lumpi zu. »Ein Pferd, ein Pferd!« Sein Ruf pflanzte sich fort. Dutzende Kinder ließen ebenfalls ihr Sandspielzeug im Stich und rannten auf Pferd und Reiterin zu. Aus Strandkörben und Sandburgen folgten Erwachsene. Sämtliche Badende schwammen wie auf Kommando in Richtung Ufer. »Ein Pferd!« – »Ein Pferd!« Der Strand hallte von Geschrei wider.

Lenny traute ihren Augen nicht. Sie war es gewohnt, als Reiterin Aufsehen zu erregen, aber die heutige Reaktion der Feriengäste übertraf alle bisherigen Erfahrungen.

Unter ihr begann Lumpi unruhig zu tänzeln und aufgeregt durch die Nüstern zu prusten. Die wild auf ihn zurennende Kinderschar war ihm nicht geheuer. Nervös spielte er mit den

Ohren. Dann entschied er sich zur Flucht. Urplötzlich schwang er auf der Hinterhand herum und galoppierte in wilder Hast dem schützenden Wald entgegen. Seine unvermutete Kehrtwendung hätte Lenny fast aus dem Sattel geschleudert. Ein Mähnenzipfel, den sie in letzter Sekunde erwischte, bewahrte sie vor diesem Schicksal. Bis sie wieder fest im Sattel saß, war der Tumult hinter ihnen verebbt.

Eine ganze Zeit lang ritt Lenny kreuz und quer durch den Wald und malte sich aus, wie sie Fabian zur Rede stellen würde –, wenn sie ihm endlich begegnete! Sie sah ihn förmlich vor sich. Hochrot würde er im Gesicht anlaufen. Und ihrem Blick ausweichen. Sie selbst würde natürlich ganz cool bleiben und ihm erklären, wie dumm seine Rache gewesen war. Und dann würde sie ... Lenny zog die Brauen zusammen, sodass sich auf ihrer Stirn eine steile Falte bildete.

Ihr fiel plötzlich ein, dass ihr Plan einen entscheidenden Haken hatte. Fabian würde garantiert leugnen die Pferde aus der Koppel gelassen zu haben. Und beweisen konnte sie es ihm nicht. Verdammt! So ein Mist! Es war sinnlos, nach ihm und seinem Freund zu suchen! Lenny stieß enttäuscht die Luft aus. Ihre Laune sank beträchtlich. Fabian würde ungeschoren davonkommen. Und das ging ihr entschieden gegen den Strich. Dieser hinterhältige Typ, dieser falsche Fuffziger, dieser gemeine Tierquäler, dieser ... Schließlich gingen Lenny die passenden Titulierungen aus. Entmutigt entschied sie sich zu einem ausgedehnten Ausritt.

Nachdem sie den Wald durchquert hatten, ging es in Trab und Galopp über flaches Land. Außer einer fünfköpfigen Wandergruppe und einem einsamen Radler auf einem staubigen Mountainbike begegnete ihnen niemand. Bei diesem herrlichen Sommerwetter hielten sich die meisten Touristen am Strand auf.

Lenny kannte eine kleine Bucht, wo sie und Lumpi ungestört schwimmen konnten. An den öffentlichen Stränden war das nicht erlaubt. Wegen der Pferdeäpfel. Überhaupt gab es an der Ostseeküste eine ganze Menge Verbote für Pferd und Reiter. Für Hunde auch, aber an die hielt sich kein Mensch.

Lenny war ziemlich geschafft, als sie bei der geheimen Bucht eintraf. Sie stöhnte unterdrückt, als sie aus dem Sattel rutschte. Bei dieser Hitze drei Stunden hintereinander auf dem Pferderücken zu sitzen war anstrengend. Keuchend sattelte und trenste sie Lumpi ab und ließ sich dann japsend in den weichen, warmen Sand fallen.

Mit angezogenen Beinen, die Arme um die Knie geschlungen, sah sie hinaus aufs Meer. Es glitzerte graugrün im Sonnenschein. Weiter links, dort wo die Bucht zu Ende war, suchten Möwen im Schlick nach Nahrung. Lumpi weidete zufrieden den Strandhafer ab. Weglaufen konnte er nicht. Seine Vorderbeine waren mit einem Strick zusammengebunden.

Es wurde heiß und heißer. Die Julisonne hatte Kraft. Lenny zog Schuhe, Jeans und T-Shirt aus. Das war schon besser. Sie legte sich hin, räkelte sich behaglich im Sand zurecht und gähnte herzhaft. Himmel, war sie müde. Die feinen Körner kribbelten zwar ein bisschen auf der bloßen Haut, aber das war ihr egal. Und dann war sie auch schon eingeschlafen.

Es war vier Uhr nachmittags, als sie aufwachte. Lumpi weckte sie. Liebevoll fuhr er ihr mit dem Maul über das Gesicht. Ein sehr feuchter Liebesbeweis. Der Wallach hatte pausenlos Strandhafer gefressen und sein Maul war von grünlichem Schaum umgeben. Auf gut Deutsch: Lumpi sabberte entsetzlich.

»Iiihhh!«, schrie Lenny, setzte sich auf und wischte sich mit beiden Händen über ihr Gesicht. »Du altes Ferkel!«, schimpfte sie empört und Lumpi wich zurück. Er verstand nicht, warum er in Ungnade gefallen war.

Dann spitzte er interessiert die Ohren. Lenny stieß einen heiseren Schrei aus. Sie hatte das knallige Rot auf ihren nackten Beinen entdeckt. Sonnenbrand! Nicht nur auf den Beinen. Auch Gesicht, Oberkörper und Arme brannten wie Feuer.

Lenny zögerte keine Sekunde. Sie wusste, dass kaltes Wasser gut bei Verbrennungen war. Sie nahm sich gerade noch die Zeit, Lumpis Fesseln zu lösen, bevor sie sich in die kühlen Fluten stürzte. Ah! War das angenehm! So herrlich kühl und erfrischend. Lenny kam gar nicht auf die Idee, dass das Salzwasser die gerötete Haut noch mehr reizen würde.

Eine ganze Zeit lang schwamm sie mit Lumpi in der Bucht herum. Der Fuchswallach genoss das seltene Badevergnügen in vollen Zügen und ließ sich zwanzig Minuten später nur sehr widerwillig aus dem kühlen Nass herausholen.

Lenny hielt ihn während des Trocknens vorsorglich am Zügel fest. Von Minute zu

Minute fühlte sie sich weniger wohl in ihrer Haut. Arme und Beine brannten wie Feuer. Auf Brust und Bauch spannte, stach und ziepte es, als würde man mit Schmirgelpapier darüber fahren. Vielleicht wurde es besser, wenn sie ihr T-Shirt überzog? – Es wurde nicht besser. Im Gegenteil! Der Stoff scheuerte höllisch. Und außerdem klebte er eklig an der Haut fest.

Lenny hatte nur noch einen Gedanken: Zurück zum Postillion und unter die kühle Dusche. Am besten, sie verbrachte gleich die ganze Nacht dort!

Die Aussicht auf die Dusche ließ sie den langen Ritt zurück ertragen. Sie nahm jede Abkürzung, die sich ihnen bot. Je schneller sie zu Hause war, desto besser. Lumpi galoppierte in gleichmäßigem Tempo dahin. Mähne und Schweif wehten im Sommerwind. Unbarmherzig brannte die Sonne auf Pferd und Reiterin nieder. Lenny atmete auf, als sie den Wald erreichten.

Wenig später passierten sie das Camp Störtebeker. Keine Menschenseele weit und breit. Noch einen Kilometer und sie hatten es geschafft! Und dann sah sie Fabian. Der Junge kam ihnen mit geschulterter Angelrute auf dem Waldweg entgegen.

In Lenny kochte die Wut hoch. Sie presste die Lippen zusammen und packte die Zügel fester. »Vorwärts«, zischte sie Lumpi zu. Der Fuchswallach streckte sich. Fabian sprang hastig seitlich ins Gebüsch. Pferd und Reiterin preschten an ihm vorbei den Feldern und Wiesen zu.

GEFAHR IN DER NACHT

An diesem Abend konnte Lenny nicht einschlafen. Trotz kühler Dusche und Unmengen Sonnenbrandsalbe fühlte sie sich schrecklich. Die Bettdecke scheuerte entsetzlich auf ihren Beinen. Lenny schlug sie zurück. Ja, das war etwas besser. Wenn sie jetzt ganz still auf dem Rücken lag, konnte sie vielleicht schlafen. Lenny schloss die Augen. Der Wecker auf dem Nachttisch tickte überlaut in der Dunkelheit. Wie sollte man dabei Ruhe finden? Lenny versuchte nicht hinzuhören und begann Schafe zu zählen. Bei Schaf einhunderteinundeins gab sie auf. Die Methode funktionierte nicht. Und der Wecker tickte immer noch laut. Himmel, war ihr heiß! Im Zimmer war es mordsstickig. Dabei war das Fenster gekippt. Ob sie es ganz öffnen sollte? Lenny knipste die Nachttischlampe an und setzte sich auf. Ein eisiger Schauer rieselte ihr über den Rücken. Ganz plötzlich fror sie. Also die Bettdecke wieder über die Füße. Und dann fiel ihr das neue Buch ein, das sie sich in der Bücherei ausgeliehen und bisher noch nicht gelesen hatte. Sie tappte hinüber zum Regal und zog es heraus.

Lenny setzte sich im Schneidersitz auf ihr Bett und begann zu lesen. Das Buch war spannend. Sie war bei Seite 87 angelangt, als sie den Vater mit schweren Schritten draußen den langen Flur in Richtung Schlafzimmer gehen hörte. Automatisch sah sie auf ihren Wecker. Ein halbe Stunde bis Mitternacht. Ganz schön spät. Nur noch schnell das Kapitel zu Ende lesen. Dann würde auch sie schlafen. Die Sonnenbrandsalbe schien endlich zu wirken. Lenny blätterte die Seiten um. Noch drei. Okay.

Sie war auf Seite 88 unten, als die Mutter draußen das Licht löschte. Der Schalter knackte immer. Dann hörte sie leise die sich entfernenden Schritte. Das Öffnen und Schließen der Tür war nicht zu hören. Das Elternschlafzimmer lag am anderen Ende des Hauses.

Lenny las weiter. Die Geschichte wurde immer spannender. Also noch ein Kapitel. Und dann noch eines. Ab Seite 110 tanzten ihr bereits die Buchstaben vor den Augen. Die Nachttischlampe spendete nicht mehr Licht als eine Funzel. Egal! Noch 17 Seiten. Und dann hörte sie draußen auf der Koppel die Pferde wiehern.

Lenny erstarrte. Die Koppel war gut und gern hundert Meter vom Haus entfernt. Sie musste sich verhört haben. Angespannt lauschte sie. Und dann wieder ein leises Gewieher. Diesmal war kein Irrtum möglich.

Fabian! Lenny schwang die Beine aus dem Bett, schnappte sich ihr T-Shirt und streifte es sich hastig über den Kopf. Zu hastig! Die sonnenverbrannte Haut schmerzte. Auf Jeans und Schuhe verzichtete sie. Dem Jungen würde sie die Suppe versalzen. Diesmal würde es ihm nicht gelingen, die Pferde freizulassen und davonzujagen! Sie musste nur schnell genug bei der Koppel sein. Lumpi gehorchte wie ein Hund, wenn sie nach ihm pfiff. Jedenfalls, wenn er nicht zu weit entfernt war, um sie zu hören.

Lenny verließ ihr Zimmer durchs Fenster. Die Haustür zu benutzen hätte zu lange gedauert. Draußen war es stockdunkel. Jedenfalls erschien es Lenny so. Sie sprintete los. Schon nach wenigen Metern schrie sie unterdrückt auf. Sie war auf einen spitzen Stein getreten. Mist! Sie hätte doch Schuhe anziehen sollen.

Ihre Augen hatten sich inzwischen an die Dunkelheit gewöhnt. So finster war es gar nicht. Mond und Sterne spendeten milchiges Licht. Eine klare Nacht. Das Schnauben und Wiehern der Pferde war jetzt deutlich zu hören. Sehen konnte sie sie nicht. Die Scheune ragte wie ein schwarzer Berg in den Nacht-

himmel hinein. Lenny umrundete sie in schnellem Lauf. Dann lag die Koppel vor ihr. Das Mädchen blieb fassungslos stehen.

Die Pferde preschten im Pulk über die Weide, wieherten angstvoll, schnaubten und prusteten. Steine prasselten auf ihre Körper, trafen sie an Schultern und Flanken. Immer wieder bückte sich die schemenhafte Gestalt in der Mitte der Koppel, hob neue Wurfgeschosse auf, reckte sich hoch, hob den Arm, zielte, holte aus und schleuderte die Brocken auf die fliehenden Pferde.

»Aufhören! Sofort aufhören! Bist du denn wahnsinnig?« Lenny erwachte aus ihrer Erstarrung, rannte rufend und schreiend auf die Koppel zu. Für einen Augenblick versperrten ihr die wild vorbeigaloppierenden Pferde den Blick. Dann war die Sicht frei. Die schemenhafte Gestalt war verschwunden. Vom anderen Ende der Koppel her trug ihr der Wind ein höhnisches Lachen zu.

Lenny nahm die Verfolgung auf. Diesem

Fabian würde sie die Tracht Prügel seines Lebens verpassen! So schnell sie konnte, rannte sie ihm nach. Die Wut über seine heimtückische Rache verlieh ihr Kraft, ließ sie keine Schmerzen spüren. Weit vor sich sah sie ihn den unebenen Feldweg entlanghasten. Meter um Meter holte sie auf. Sie musste ihn erwischen, bevor er den schützenden Wald erreichte. Doch das gelang ihr nicht. Zwanzig, dreißig Meter trennten sie noch von dem Flüchtenden, als ihn das Dunkel des Waldes verschluckte.

Lenny setzte ihm nach, blieb dann schwer atmend stehen. Es war stockdunkel hier. Nur schemenhaft konnte sie ihre nähere Umgebung ausmachen. Lauschend neigte sie den Kopf. Wo war der fiese Kerl? Hatte er sich irgendwo seitlich im Gebüsch versteckt? Hockte er hinter dem Baumstamm da vorn?

Lenny wurde es mulmig. Fabian war groß und kräftig. Selbst wenn sie ihn in seinem Versteck aufspürte, hatte sie keine Chance. Sie war ihm körperlich nicht gewachsen. Schon gar nicht, wenn er aus dem Hinterhalt angriff. Wie hatte sie nur glauben können, dass sie ihn verprügeln könnte? Beobachtete er sie bereits? Ganz plötzlich war Lenny überzeugt davon. Sie spürte seine Blicke. Von allen Seiten. Angst kroch in ihr hoch. Wie unheimlich es nachts im Wald sein konnte! Der Wind rauschte durch die Blätter. Da. Ein leises Knacken. Fabian? Kam er näher? Niemand würde sie hören, wenn sie um Hilfe schrie. Lenny wich Schritt um Schritt zurück.

Der Mann, der flach ausgestreckt auf dem Waldboden lag, hielt den Atem an. Er hätte nur die Hand auszustrecken brauchen, um Lenny zu Fall zu bringen. Aber er rührte sich nicht. Der Schreck über ihr plötzliches Auftauchen an der Koppel saß ihm noch in den Gliedern. Er musste zukünftig vorsichtiger sein. Am besten, er mied den Postillion ein paar Tage und ließ Gras über die Sache wachsen.

Als Lenny den Waldrand erreichte, drehte sie sich um und rannte wie gehetzt den Weg zurück, den sie gekommen war. Sie brauchte Hilfe. Hier konnten nur noch Erwachsene etwas ausrichten.

Ihre Eltern wurden schlagartig wach, als Lenny in ihrem Schlafzimmer das Deckenlicht anschaltete. Es dauerte trotzdem eine ganze Weile, bis sie verstanden, worum es ging. Auch dann reagierten sie nicht so, wie Lenny gehofft hatte. Sie dachten gar nicht daran, die Polizei zu alarmieren.

»Es war doch nur ein übler Streich«, spielte ihre Mutter den Vorfall herunter und fügte dann ärgerlich hinzu: »Warum warst du auch so frech zu diesem Fabian?«

Lennys Vater hieb in die gleiche Kerbe. »So was kommt von so was«, sagte er streng. Immerhin fand er, dass die Rache des Jungen entschieden zu weit ging. Von einem nächtlichen Besuch im Camp Störtebeker wollte er trotzdem nichts wissen. »Das hat Zeit bis morgen«, meinte er abwinkend. »Ich werde mir diesen Fabian vorknöpfen.« Und damit musste Lenny sich zufrieden geben.

FABIAN IN DER KLEMME

Direkt nach dem Frühstück am nächsten Morgen fuhren Lenny und ihr Vater zum Camp Störtebeker. Herr Leiser, der Heimleiter, begrüßte sie freundlich. »Sie wollen sich bestimmt das Zeltlager anschauen«, missdeutete er den Besuch und war entsprechend überrascht, als Herr Kohl verneinte und seine Anschuldigung vorbrachte. Herr Leiser runzelte die Stirn.

»Der Fabian?«, fragte er zweifelnd. »Das kann ich mir gar nicht vorstellen. Ein durch und durch netter Junge. Warten Sie, ich hole ihn rasch.« Und damit verschwand Herr Leiser in Richtung Abenteuerspielplatz.

Lenny und ihr Vater brauchten nicht lange zu warten. Herr Leiser kehrte wenig später mit Fabian zurück. »Am besten, wir gehen in mein Büro«, schlug er vor und wies allen den Weg. Dort angekommen, forderte er seine Gäste auf, Platz zu nehmen. Er und Fabian lehnten sich an den Schreibtisch. Der Junge sah Lenny neugierig an. Ihr Vater räusperte sich und ergriff das Wort.

»Du hattest Streit mit Lenny«, begann er und Fabian wurde rot.

»War nicht so schlimm«, murmelte er abwehrend, und die Frage, warum Lennys Vater es für nötig hielt, deswegen ins Camp zu kommen, stand ihm ins Gesicht geschrieben.

»Wie Lenny mir erzählte, hast du gedroht ›es ihr heimzuzahlen‹«, fuhr Herr Kohl fort und Fabian wurde noch röter. Er warf Lenny einen wütenden Blick zu. Alte Petze. Bevor er noch erklären konnte, dass diese Drohung nicht ernst gemeint gewesen war – welcher Junge vergriff sich schon an einem kleineren Mädchen, auch wenn es eine Abreibung verdiente? –, fügte Herr Kohl schon scharf hinzu: »Aber es geht entschieden zu weit, dass du

dich an Lenny rächst, indem du nachts unsere Pferde aus der Koppel lässt oder sie mit Steinen durch die Gegend scheuchst. Haben wir uns da ganz klar verstanden?«

»Die … die Pferde aus der Koppel … ja aber … wieso denn? Mit Steinen werfen? Ich?« Fabian war völlig überrumpelt. Dann wurde ihm das ganze Ausmaß der Anschuldigung bewusst. »Ich war das nicht«, wehrte er sich entrüstet. »Ich würde Pferden nie etwas zuleide tun. Keinem Tier, um genau zu sein. Ich war das nicht!«

»Warst du doch«, trumpfte Lenny auf. »Ich habe dich selbst gesehen. Gestern Nacht. Und dann bist du zum Camp zurückgelaufen und hast dich im Wald versteckt.«

»Gestern Nacht?«, griff Herr Leiser plötzlich in das Gespräch ein. »Ganz ausgeschlossen. Wir hatten gestern unsere Spuk- und Geisternacht. Und Fabian war auch dabei, nicht wahr?« Als der Junge schwieg, stupste er ihn an. »Nun sag schon was. Ich habe dich doch selbst kurz vor Mitternacht am Lagerfeuer sitzen sehen!«

Fabian nickte zwar, wich seinem Blick jedoch aus. Herr Leiser wunderte sich.

»Ich habe Fabian *nach* Mitternacht gesehen«, sagte Lenny betont und sah den Jungen herausfordernd an. Auch ihr Vater und Herr Leiser beobachteten ihn.

Fabian fühlte sich nicht wohl in seiner Haut. Unruhig trat er von einem Bein aufs andere.

Der Heimleiter runzelte die Stirn. »Aber das Fest war kurz nach Mitternacht zu Ende«, wandte er ein. »Wir sind dann alle zu Bett gegangen und …« Er brach ab und ließ den Satz unbeendet. Zweifelnd zog er die Augenbrauen hoch. Sollte Fabian etwa nach dem Fest heimlich das Camp verlassen haben? »Wo warst du gestern nach Mitternacht?«, fragte er streng.

Fabian schüttelte den Kopf und umging die Frage. »Ich war's nicht«, stieß er gepresst hervor. »Ich – war – es – nicht. Ganz ehrlich nicht!« Und bei dieser Aussage blieb er. Mehr war nicht aus ihm herauszubekommen.

»Also gut, lassen wir das«, sagte Lennys Vater schließlich und stand auf. Er verabschiedete sich von Herrn Leiser per Handschlag und nickte Fabian kurz zu. »Ich denke, wir werden uns nicht mehr sehen«, sagte er bestimmt.

Fabian lief rot an und schnappte hörbar nach Luft. »Garantiert nicht!«, schrie er wütend und stürmte aus dem Zimmer.

Während Lenny und ihr Vater im Auto nach Hause fuhren, hockte Fabian am so genannten Teufelsloch – einem kleinen Waldsee – und schmiss wütend flache Steine ins Wasser. Sie tanzten lustig vier-, fünfmal über die Oberfläche, bevor sie im kühlen Nass versanken. Fabian sah ihnen mit finsterer Miene zu. Eine Gemeinheit waren diese Verdächtigungen. Und noch viel gemeiner war, dass er sich nicht gegen sie hatte wehren können. Dabei hätte er gekonnt, wenn nicht … Hier stiegen Fabian vor lauter Erbitterung die Tränen in die Augen. Er schniefte unglücklich und schleuderte den nächsten Stein über die Wasseroberfläche. Verdammt noch mal! Ein Ehrenwort brach man nicht. Er hatte geschworen von einem bestimmten nächtlichen Ausflug kein Sterbenswörtchen zu verraten.

Nach den Tränen kam der Schluckauf. Fabian kramte in seinen Hosentaschen nach Bonbons und fand schließlich eine klebrige Lakritzschnecke. Sie half gegen den Schluckauf. Fabian kaute und überlegte. Nach und nach wurde er ruhiger.

Es wurmte ihn, dass man ihn verdächtigte die Pferde aus der Koppel gelassen zu haben. Ganz zu schweigen vom Steinewerfen! Aber ihm war klar, dass das nur geschehen war, weil der Schein gegen ihn sprach. Wenn er dieser blöden Lenny nicht gedroht hätte, wäre er nicht in Verdacht geraten. Und wenn er mit seinem »Alibi« für die Tatzeit herausgerückt wäre … Fabian seufzte. Lauter

Wenns und Hättes. Das brachte nichts. Hier ging es einzig und allein um die Frage: Wer war der wahre Täter? Wer hatte es auf die Pferde vom Postillion abgesehen? Und warum? Fabian runzelte angestrengt die Stirn und dachte nach.

Waren es vielleicht irgendwelche Jugendliche gewesen? Hatten sie die Pferde nachts aus der Koppel gelassen? Aus Jux und Dollerei? So was sollte es ja geben. Möglicherweise fanden solche Typen es auch komisch, Pferde mit Steinen zu bewerfen? Hm. Hm. Nein. Fabian schüttelte den Kopf. Das passte nicht zu Spaß und Übermut. Das war Tierquälerei.

Er wusste, dass es Menschen gab, die Tiere quälten. Er wusste ebenfalls, dass es Menschen gab, die ausschließlich Pferde quälten. Man nannte sie Pferdeschänder. In Fabian erwachte die Abenteuerlust. Mit einem Satz sprang er auf und klopfte sich den Hosenboden sauber. Er musste dem Pferdeschänder das Handwerk legen! Als Erstes galt es, herauszufinden, ob die Anschläge nur den Pferden des Postillion galten oder ob auf den anderen Reiterhöfen in der Umgebung ebenfalls Pferde nachts aus der Koppel gelassen worden waren, oder sonst irgendetwas passiert war. Alles, was er dazu brauchte, waren ein Telefon und ein Branchenbuch.

Fabian sah auf seine Armbanduhr. Mittagszeit. Ideal. Herr Leiser und alle anderen würden im großen Esssaal sein. Hoffentlich war das Büro nicht verschlossen.

Es war nicht verschlossen. Der Schlüssel steckte auf der Innenseite. Fabian schlüpfte ins Zimmer und schloss sich ein. So war er vor unliebsamen Überraschungen sicher. Das Telefon stand auf dem Schreibtisch, und daneben, schön nach Größe geordnet, lagen die drei Telefonbücher auf einem Stapel. Fabian griff nach dem mit den Gelben Seiten: Reitschulen, Reiterhöfe. Genau das, was er suchte.

Fabian ging systematisch vor und er freute sich das erste Mal darüber, dass er im Stimmbruch war. Seine Gesprächspartner nahmen ihm samt und sonders ab, dass er Hauptwachtmeister Hannes Bender vom Rostocker Polizeikommissariat war.

»Wir ermitteln im Fall eines Pferdeschänders«, näselte Fabian in die Muschel. »Haben Sie diesbezüglich irgendwelche besonderen Vorkommnisse zu melden?« Die Reaktionen der angerufenen Reiterhof- und Reitschulbesitzer schwankten zwischen überraschter Verwunderung und purem Entsetzen. Nur in einem Punkt waren die Aussagen gleich: Es gab keinerlei besondere Vorkommnisse.

»Na, also«, murmelte Fabian geschafft, als er den letzten Anruf hinter sich hatte. Bisher war nur der Postillion von den Anschlägen betroffen. Das konnte Zufall sein oder es gab einen Grund dafür. Fragte sich nur, welchen? Fabian stützte die Ellbogen auf den Tisch, legte das Kinn in die Hände und grübelte vor sich hin. Dann nahm ein Plan Form und Gestalt an. Er würde seine Unschuld beweisen.

»Ihr werdet euch noch wundern«, sagte er schließlich und stand auf, um sich auf die Suche nach seinen Freunden zu begeben. Kai und Stefan schuldeten ihm noch etwas.

Eine halbe Stunde später schlossen die drei Jungen einen Pakt.

»Ich schwöre«, sagte Kai mit feierlichem Gesicht.

»Ich schwöre«, sagte auch Stefan.

IN GEHEIMER MISSION

Es ist erstaunlich wie viele Leute nachts unterwegs sind, dachte Fabian und ging hinter einem Gebüsch in Deckung. Die Feldwege in der Gegend des Postillion wurden rege besucht. Hauptsächlich von Liebespaaren. Auch heute stand wieder eines innig umschlungen direkt neben der Koppel. Die Küsserei nahm gar kein Ende.

Fabian sah genervt auf seine Armbanduhr. Kurz vor zwölf. Seit drei Nächten schob er Wache bei der Koppel und nichts passierte. Absolut nichts. Zum Verrücktwerden. So langsam glaubte er nicht mehr daran, dass hier ein Pferdeschänder sein Unwesen getrieben hatte. Wahrscheinlich waren es doch irgendwelche Jugendliche gewesen, die die Pferde freigelassen hatten.

Er atmete auf, als das Liebespärchen sich endlich in Richtung Strand trollte. Wurde auch höchste Zeit. Im rechten Bein kribbelte es verdächtig. Er stampfte mit dem Fuß auf und dachte sehnsüchtig an seinen Schlafsack im Zelt. Er war hundemüde. Wenigstens hinsetzen konnte er sich für ein Weilchen. Auch im Sitzen ließ sich Wache halten.

Fabian machte es sich im Gras bequem und behielt den Feldweg im Auge. Nichts rührte und regte sich dort. Jetzt begann der langweilige Teil der Wache. Auch in den letzten drei Nächten hatte die Flanierlust der Liebenden um diese Zeit herum aufgehört. Noch eine Stunde, dachte Fabian schläfrig. Punkt ein Uhr räume ich das Feld. Und dann dachte er nichts mehr.

Die Nacht war dunkel. Dicke Wolken zogen über den Himmel, verdeckten Mond und Sterne. Der Wind frischte auf, ließ die Blätter der Büsche und Bäume geheimnisvoll rascheln. Die schlanken Halme des Getreidefeldes wippten und wogten auf und nieder. Drei Kaninchen hoppelten gemächlich über den Feldweg und mümmelten genüsslich im Gras neben der Koppel. Dann verschwanden sie lautlos in der Nacht.

Der Mann kam den Feldweg entlang. Immer wieder blieb er stehen und sah sich aufmerksam um, musterte mit scharfem Blick die niedrigen Büsche am Rande der Koppel. Den schlafenden Jungen entdeckte er nicht. Auf leisen Sohlen näherte er sich den Pferden.

»Hoho«, wisperte er beruhigend, als er über das Gatter stieg. »Hoho, ganz ruhig.«

Die Pferde spitzten die Ohren, sahen dem Mann entgegen, ließen ihn herankommen. Schneeflocke schnoberte leise durch die Nüstern, als der Fremde ihr den Hals tätschelte und ihr freundlich über den Rücken strich. Sie stand geduldig still, als er nach ihrem Schweif griff. Wenig später dann ein aufmunternder Klaps auf ihr Hinterteil und der Mann ging zum nächsten Pferd. Wieder das Tätscheln am Hals, das Streicheln über den Rücken und der Griff zum Schweif. Keines der Pferde widersetzte sich. Nur Lumpi wich zurück.

»Hab dich nicht so«, knurrte der Mann gereizt. Trotzdem hielt er Lennys Pferd lockend die ausgestreckte Hand entgegen. Pferde glaubten dann immer, man würde ihnen einen Leckerbissen spendieren. Lumpi glaubte das nicht. Sein Geruchssinn war ausgezeichnet entwickelt. Er prustete ablehnend durch die Nüstern, warf sich herum und galoppierte zum anderen Ende der Koppel. Seine Artgenossen folgten ihm augenblicklich. Das lag am Herdentrieb. Lief ein Pferd davon, rannten die anderen ihm stets nach.

Das Hufgetrappel weckte Fabian. Mit einem Satz sprang er auf die Beine. »He, was ist denn hier los?«, rief er verschlafen. Und dann sah er den Mann auf der Koppel. Mit einem Schlag kehrte die Erinnerung zurück. Der Pferdeschänder! Also doch!

Fabian sog scharf die Luft ein. Ganz plötzlich zitterten ihm die Knie. Die Beine versagten ihm den Dienst. Angstvoll starrte er sein schemenhaftes Gegenüber an. Die Umrisse des Mannes waren kaum zu erkennen, vermischten sich mit dem Dunkel der Nacht. Nur das Gesicht war als unbestimmbarer, matt heller Fleck auszumachen.

Dem Mann auf der Koppel war der Schreck über die unerwartete Begegnung ebenfalls in die Glieder gefahren. Für einen Augenblick stand er reglos mit hängenden Armen da. Dann kam Leben in ihn. Er drehte sich auf dem Absatz um, rannte wieselflink die Längsseite der Koppel entlang, was die Pferde in höchste Aufregung versetzte. Sie preschten in entgegengesetzter Richtung davon. Der Mann hechtete mit einem Sprung über die Absperrung und floh den Feldweg hinunter.

Bei Fabian verschwand das Wattegefühl in den Beinen. Mit einem empörten Schrei setzte er dem Fliehenden nach. Fabian konnte sehr schnell rennen. Beim letzten Sportfest in seiner Schule hatte er im Laufen den dritten Platz belegt. Über tausend Meter war die Distanz gegangen.

Er rechnete sich gute Chancen aus, den Fremden einzuholen. Und was dann?, schoss es ihm durch den Kopf. Würden seine Kräfte reichen, den Mann dingfest zu machen? Dingfest, wie sich das anhörte. Fabian schnitt eine Grimasse und verscheuchte den Gedanken.

So schnell er konnte, rannte er dem Mann hinterher, holte stetig auf, verringerte die Entfernung zu dem Fremden und war dann dankbar, als der Unbekannte in Richtung Strand abbog. Sehr gut! Dort würde er kaum Deckung finden. Noch dreißig Meter, noch zwanzig. Fabian mobilisierte seine Kraftreserven, rannte, als ginge es um sein Leben. Dann lagen die Dünen vor ihnen. Der Mann jagte sie hinauf. Für den Bruchteil einer Sekunde hob sich seine

Silhouette tiefschwarz vom Nachthimmel ab. Dann war er verschwunden.

Fabian sprang mit Riesensätzen den Sandwall hoch und blieb dann fassungslos oben stehen. Still und verlassen lagen Strand und Meer vor ihm. Keine Menschenseele weit und breit. Kein Laut war zu hören, nur das grollende, stete Meeresrauschen. Der Fremde schien sich in Luft aufgelöst zu haben. Fabian zwinkerte heftig mit den Augen. Das gab's doch gar nicht. Wo steckte der Kerl? Hatte er sich flach in die Dünen geworfen und wie ein Maulwurf in den Sand gewühlt? Oder hatte er sich in einer der Sandburgen oder einem der Strandkörbe versteckt? Von wegen, dass es am Strand keine Deckung gab! Fabian lief die Dünen hinunter und machte sich auf die Suche.

Die Sandburgen erwiesen sich samt und sonders als Nieten. Also die Strandkörbe. Fabian klopfte das Herz zum Zerspringen, als er sich ihnen näherte. Sie standen eng beieinander. Dreißig oder mehr mochten es sein.

731

Alle miteinander durch Ketten verbunden und gesichert, sodass niemand sie stehlen konnte. Fabian lugte in den ersten hinein und sah nichts. Buchstäblich nichts. Es war stockdunkel im Korb. Er tastete mit den Händen in seinem Inneren herum. Ein Schauer rieselte ihm über den Rücken. Fehlte nur noch, dass der Unbekannte ihn bei den Händen packte. Fabian zog sie rasch zurück. Niemand da. Gott sei Dank! Also zum nächsten Korb. Diesmal hielt er sich mit der linken Hand außen an ihm fest, holte mit dem rechten Bein aus – als wolle er einen Ball ins Tor schießen – und knallte mit dem Fuß schmerzhaft gegen die Holzverkleidung unter der Sitzbank. »Mist, verdammter!« Fabian fluchte und umklammerte den Fuß mit beiden Händen. War keine so gute Idee gewesen. Und dann erhielt er von hinten einen kräftigen Stoß und taumelte kopfüber in den Strandkorb hinein. Mit der rechten Schulter prallte er gegen den mäßig gepolsterten Sitz, drehte sich halb um die eigene Achse und krachte rücklings zu Boden. »Uuuhhh«, stöhnte er. Jeder Knochen im Leib tat ihm weh.

Von draußen ertönte hämisches Gelächter. Fabian vergaß seine Schmerzen, rappelte sich auf, stürzte ins Freie und stolperte über die Kette. Erneut ging er zu Boden. Und dann war es zu spät. Der Fremde rannte bereits quer über den Strand auf die Mole zu. Kurz darauf sah Fabian ihn auf einem Fahrrad davonradeln. Zwecklos, die Verfolgung aufzunehmen.

Der Junge rieb sich die schmerzende Schulter und humpelte in Richtung Düne zurück. Für heute hatte er genug. Noch nicht einmal das Gesicht seines Widersachers hatte er gesehen. Die ganzen Nachtwachen und die Verfolgungsjagd waren für die Katz gewesen. Er hatte es sich einfacher vorgestellt, einen Verbrecher zu fangen.

Missmutig stiefelte er durch den tiefen Sand und haderte mit dem Schicksal. Wären doch Kai und Stefan bei ihm gewesen! Aber die beiden hatten schon nach der ersten ergebnislosen Nachtwache die Lust an der Jagd auf den Pferdeschänder verloren.

»Feine Freunde seid ihr«, knurrte Fabian und kroch auf allen vieren die Dünen hinauf.

JETZT SCHLÄGT'S DREIZEHN

Lenny hatte die letzten drei Tage damit verbracht, Geld zu verdienen. Wegen des Sonnenbrandes war ans Reiten nicht zu denken gewesen. Stattdessen hatte sie – in langärmeliger Bluse und weiten Hosen – Urlauber durch die Gegend kutschiert. Lauter nette Leute! Dank der großzügigen Trinkgelder war Lenny gut bei Kasse.

Obendrein hatte der Vater sie und die Mutter gestern ins Panoramacafé eingeladen. Das war immer etwas Besonderes. Das Panoramacafé befand sich im neunzehnten Stock des Hotel Neptun. Lennys Eltern gingen hauptsächlich wegen der schönen Aussicht auf die Ostsee, auf den Hafen mit Mole und Leuchtturm und auf die Dächer von Warnemünde dorthin.

Lenny fand den Blick auf diese Spielzeuglandschaft zwar auch recht hübsch, aber in Wirklichkeit interessierte sie nur die Spezialität des Cafés: der »Sturmsack«. Das war ein riesiger Windbeutel, prall gefüllt mit Vanilleeis, Schlagsahne und Erdbeersoße.

Lenny leckte sich beim Gedanken an diese Köstlichkeit genießerisch über die Lippen und zog vorsichtig die engen Reithosen hoch. Diesmal ließ sich der Schmerz ertragen. Die Haut auf den Oberschenkeln spannte zwar noch, aber das Schlimmste hatte sie überstanden. Auf Zehenspitzen und mit den Stiefeln in der Hand verließ sie das Haus. Leise fiel die Tür hinter ihr ins Schloss. Lenny schlüpfte in ihre Reitstiefel.

Die Morgenluft war frisch und klar. Die Sonne wärmte angenehm. In der Scheune belud Lenny den Futterwagen mit Putzkasten, Sattel und Zaumzeug – Lumpi hatte erfahrungsgemäß nichts dagegen, während des Fressens geputzt zu werden – und zog das Gefährt ins Freie. Alle zehn Pferde kamen aufgeregt schnaubend und prustend ans Gatter getrabt. Lumpi war wie immer der Schnellste.

Lenny begrüßte ihn zärtlich und schüttete ihm einen Eimer Hafer in den Trog. Schneeflocke und Aladin drängten sich rechts und links neben den Fuchswallach an die große Krippe. Die anderen Pferde prusteten aufgeregt durch die Nüstern. Auch sie wollten ihr Futter haben.

»Ihr bekommt alle was zu fressen«, beruhigte Lenny die hungrigen Vierbeiner und füllte den Eimer erneut mit Hafer. Irgendwie hatte sie den Eindruck, dass die Pferde heute anders als sonst aussahen. Woran das lag, vermochte sie aber auf Anhieb nicht zu sagen. Während sie Hafer in zwei weitere Futtertröge schüttete, verstärkte sich der Eindruck noch. Nicht nur Aladin sah anders aus, sondern auch Schneeflocke, Rex, Rator ... Und dann schrie sie auf.

Jemand hatte den Pferden die Schweife

abgeschnitten! Fassungslos starrte sie die Vierbeiner an. Bis auf Lumpi waren alle über Nacht ihrer Haarpracht beraubt worden! Schneeflocke, Aladin und die anderen versuchten vergeblich mit dem übrig gebliebenen, struppigen Rest die morgendlichen Fliegen zu verscheuchen. Jeder Staubwedel wäre wirkungsvoller gewesen.

Lenny klappte der Unterkiefer runter. Deswegen sahen die Pferde so anders aus. Aber wer hatte …? Die Antwort auf diese Frage fiel ihr mühelos ein. Fabian, natürlich! Dieser hundsgemeine Kerl!

Lenny drehte sich auf dem Absatz um. Die Eltern mussten sofort von dieser Ungeheuerlichkeit erfahren. Sie hatte ja gewusst, dass Fabian seine Feindseligkeiten nicht einstellen würde. Aber weder ihre Mutter noch ihr Vater hatten ihr geglaubt. Jetzt hatten sie den Salat! Trotz ihrer Wut verspürte Lenny ein leises Triumphgefühl. Auf ihre Menschenkenntnis war Verlass.

Wenig später erstattete sie in der Wohnküche Bericht. Ihre Mutter konnte die neueste Neuigkeit kaum glauben, ihr Vater wurde rot vor Ärger. Die Aussicht, eine Kutsche mit schweiflosen Pferden zu lenken, behagte ihm ganz und gar nicht.

»Jetzt reicht's«, sagte er grimmig und ging hinaus in den Flur, um mit Herrn Leiser vom Camp Störtebeker zu telefonieren.

Der Heimleiter fühlte sich durch die erneute Anschuldigung persönlich angegriffen. »Ich werde die Sache klären«, versprach er kühl und legte auf. Eine Viertelstunde später rief er zurück. »Ihr Verdacht gegen Fabian ist völlig unbegründet«, sagte er mit kaum verhohlenem Ärger. »Der Junge war die ganze Nacht lang im Camp. Kai und Stefan beschwören es. Sie teilen ein Zelt mit ihm.«

Herr Kohl war mit dem Gehörten nicht ganz zufrieden. »Wie können diese Jungen etwas beschwören, wenn sie geschlafen haben?«, versuchte er das Alibi zu zerpflücken.

»Es wäre immerhin möglich, dass Fabian heimlich ausgerückt ist …«

»Es ist nicht möglich«, unterbrach Herr Leiser ihn wütend. »Keiner der Jungen hat geschlafen. Sie haben soeben gestanden, dass sie mit den Mädchen in Blockhaus zwei eine nächtliche Fete veranstaltet haben.« – Hier schnaufte Herr Leiser empört. – »Und glauben Sie mir, freiwillig hätten die drei das nie zugegeben«, fuhr er grimmig fort. »Es ist nämlich verboten. Streng verboten! Und es wird Konsequenzen haben, darauf können Sie sich verlassen …« Herr Leiser erging sich in Strafandrohungen.

Lennys Vater interessierten sie nicht. Sah ganz so aus, als wäre Fabian unschuldig. Ernüchtert legte er schließlich den Hörer auf und ging zurück in die Wohnküche, um Frau und Tochter zu berichten.

»Und trotzdem war es Fabian«, sagte Lenny, nachdem ihr Vater geendet hatte. »Der lügt. Und die anderen lügen mit ihm. Ich fühle es ganz genau. Da ist was faul an der Sache. Oberfaul. Glaubt mir doch.«

Über ihren Kopf hinweg wechselten ihre Eltern einen viel sagenden Blick miteinander. »Unsinn«, knurrte Lennys Vater und die Mutter lächelte.

»Du liest zu viele Abenteuergeschichten«, meinte sie leichthin und goss ihrem Mann eine Tasse Kaffee aus der Thermoskanne ein.

Der trank und verbrühte sich prompt den Mund. »Himmel noch mal, ist der heiß«, beschwerte er sich ärgerlich.

Weder Frau noch Tochter sagten etwas. Die Stimmung am Frühstückstisch war gedrückt.

Lenny war sauer. Mechanisch bestrich sie ihr Brötchen mit Erdbeermarmelade und biss hinein. War mal wieder typisch, dass ihre Meinung nicht zählte! Ihre Eltern hörten nie auf sie! Unter gesenkten Lidern schoss sie ihnen einen ärgerlichen Blick zu. Der Vater aß mit gerunzelter Stirn. Die Mutter schob geistesabwesend die Krümel auf ihrem Teller zu einem Häufchen zusammen.

»Ich muss los«, sagte Herr Kohl plötzlich, stand auf und warf seine Serviette auf den Tisch. Lennys Angebot, ihm beim Anspannen der Pferde zu helfen, lehnte er ab.

Lenny nahm das übel. Ganz besonders, weil ihre Mutter sie prompt aufforderte beim Abräumen des Frühstückstischs und beim Abwasch zu helfen. Lennys Stimmung sank auf den Nullpunkt. Schweigend erledigte sie die ungeliebte Arbeit. Beim Abtrocknen des Geschirrs hörte sie den Vater mit den Pferden draußen am Haus vorbeifahren.

Dann klingelte im Flur das altmodische Telefon. Die Mutter verließ die Küche.

Lenny lauschte. Das Gespräch war sehr kurz. »Ich komme sofort«, hörte sie ihre Mutter sagen.

Wenig später kehrte sie in die Küche zurück. »Ein Halbtagesausflug.« Frau Kohl strahlte. »Der Rubel rollt. So langsam spricht sich der Postillion herum. Hilfst du mir schnell beim Anspannen?«

Lenny nickte stumm und hängte das Geschirrtuch an den Haken. Sie folgte ihrer Mutter aus dem Haus und lief, ohne ein Wort zu sagen, neben ihr her zur Scheune. Der Mutter schien ihre Schweigsamkeit nicht aufzufallen. Fröhlich erzählte sie während des Anspannens – diesmal mussten Fee und Ferdi die Kutsche ziehen –, dass im September mit den Bauarbeiten für den Stall begonnen werden würde. »Ist das nicht herrlich?«, fragte sie vergnügt und sah ihre Tochter an.

Lenny beschränkte sich erneut auf ein Nicken. Damit kam sie bei ihrer Mutter aber schlecht an. »Was bist du denn heute so muffelig?«, erkundigte sie sich erstaunt. »Freust du dich denn gar nicht?« Und als Lenny eigensinnig schwieg und gleichgültig mit den Schultern zuckte, wurde Frau Kohl ärgerlich. »Du könntest ruhig eine freundlichere Miene aufsetzen«, fuhr sie die Tochter an, stieg auf den Kutschbock und nahm die Zügel auf. »Hüh, Ferdi, hüh, Fee.« Weg war sie.

Lenny sah ihr und dem Gespann mit bitterbösem Gesicht nach. Typisch Mutter! Immer schob sie ihr den schwarzen Peter zu! Wütend griff sie nach Lumpis Sattelzeug, das immer noch auf dem Futterwagen lag, und ging zu ihrem Pferd auf die Koppel. Der Fuchswallach schnoberte durch die Nüstern. Aufmerksam spitzte er die Ohren, als Lenny ihm während des Sattelns ihr Leid klagte.

»... und deswegen müssen wir selbst etwas unternehmen«, keuchte Lenny, als sie den Gurt anzog. »Ich halte es für das Beste, wenn wir diesen Fabian beschatten. Tag und Nacht! Was meinst du dazu?« Lenny hielt Lumpi auffordernd das Trensengebiss vors Maul. Der Fuchswallach senkte ruckartig den Kopf. Es sah fast aus, als nickte er zustimmend.

In flottem Trab ging es wenig später dem Wald entgegen. Lumpi griff tüchtig aus und fiel schließlich von selbst in Galopp. Er liebte es, schnell zu rennen. Lenny pfiff der Wind um die Ohren. Kurz bevor sie das Camp erreichten, parierte sie zum Schritt durch.

Der Wallach schlenderte mit lang gestrecktem Hals den breiten Forstweg entlang. Gedämpft fielen die Sonnenstrahlen durch das Blätterdach und bildeten flirrende Muster auf dem Boden. Angenehm kühl war es hier. Lenny fühlte sich wohl. Je weniger Sonne, desto besser. Sie bog in den kleinen Trampelpfad ab, der entlang des Maschendrahtzaunes verlief, der das Camp umgab.

Hier standen die Bäume eng beieinander. Der Pfad wand sich zwischen ihnen hindurch. Lumpi spitzte aufmerksam die Ohren, als Lenny aufstöhnte. Ein tief hängender Zweig war ihr ins Gesicht geschlagen. Wenig später stieß sie mit dem rechten Knie gegen einen Baumstamm. »Pass mal ein bisschen besser auf«, verlangte sie ärgerlich von ihm. Aber das verstand Lumpi natürlich nicht.

Auf der Rückseite des Camps fehlte der

Zaun auf einer Breite von gut und gern zehn Metern. Lenny duckte sich gerade unter dem wirren Gezweig einer ausladenden Buche, als sie ein ganzes Stück vor sich drei Jungen das Camp verlassen sah. Hastig parierte sie Lumpi zum Halt durch und schob vorsichtig die Zweige zur Seite, um besser sehen zu können.

Trotz der Entfernung erkannte sie Fabian sofort. Sie vermutete, dass die beiden anderen Jungen seine Freunde waren. Kai und Stefan, wenn sie nicht irrte. Alle drei trugen Angelruten auf den Schultern und keiner von ihnen sah in ihre Richtung. In fröhliche Unterhaltung vertieft, liefen sie weiter in den Wald hinein. Lenny atmete auf. Sie wartete, bis die drei verschwunden waren und sie nichts mehr von ihnen hörte.

Dann wendete sie Lumpi und ritt den Pfad zurück. Ganz offensichtlich wollten die drei zum Angeln. Und zwar nicht an der Ostsee, denn die lag auf der anderen Seite. Der einzige See in dieser Gegend war das Teufelsloch.

Und in genau diese Richtung waren die drei verschwunden. Lenny war mit ihren Kombinationskünsten sehr zufrieden.

Kaum hatten sie den breiten Forstweg erreicht, setzte sie Lumpi in Galopp. Das Teufelsloch konnte man auf verschiedenen Wegen erreichen.

Eine Viertelstunde später hielt sie auf einer Lichtung an. Kleine Holzschilder an einer knorrigen Eiche wiesen den Weg. Geradeaus ging es zum Strand: 1,8 km. Rechts führte der Weg nach Diedrichshagen: 2 km. Und links entlang kam man zum Teufelsloch: 1,2 km. Lennys Hände zitterten vor Aufregung, als sie die Zügel nachfasste. Was würde sie am Teufelsloch erleben?

Sie bog nach links ab und ließ Lumpi antraben. Auf dem weichen Waldboden war sein Hufschlag kaum zu hören. Das Vogelgezwitscher hoch über ihnen im dichten Geäst war erheblich lauter. Ein paar hundert Meter weiter endete der Weg abrupt. Vor ihnen lag ein

Trimm-dich-Pfad. Lenny wusste, dass es entlang dieser Hindernisstrecke zum Teufelsloch ging. Auffordernd klopfte sie mit den Absätzen gegen Lumpis Bauch.

Der Fuchswallach verweigerte den Gehorsam. Er stemmte alle vier Beine fest in den Boden. Von Kletterstangen, Schaukeln, Reifen und Holzstößen hielt er nichts. Argwöhnisch prustete er durch die Nüstern. Dann schlug er sich seitlich ins Gebüsch. Lenny ließ ihn gewähren, auch wenn das bedeutete, dass sie vermutlich langsamer vorankam als die drei Jungen zu Fuß und abermals tief hängenden Zweigen und eng stehenden Bäumen mit akrobatischen Verrenkungen ausweichen musste.

Schon von weitem sah sie den See durch die Bäume hindurchschimmern. Vorsichtig ritt sie ihrem Ziel entgegen. Erst als sie gedämpftes Gelächter vom See her vernahm, zügelte sie Lumpi und rutschte aus dem Sattel. Anschleichen musste sie sich zu Fuß. Dabei war ein Pferd nur hinderlich.

Sie band Lumpi an einem Ahorn fest und verknotete die Zügel sorgfältig an einem stabilen Ast. »Du musst ganz leise sein«, ermahnte sie ihn und strich ihm zärtlich über Stirn und Nase. Dann schlich sie geduckt, jedes Gebüsch als Deckung nutzend, in Richtung See davon. Lenny fühlte sich wie ein Indianer auf dem Kriegspfad.

Die drei Jungen hockten am Uferrand und ließen ihre Angelschnüre ins Wasser baumeln. Sie unterhielten sich lebhaft miteinander und immer wieder brach einer von ihnen in schallendes Gelächter aus.

Lenny schüttelte den Kopf. Bei diesem Krach würde kein Fisch anbeißen! Schön blöd waren die drei. Na, ihr konnte es recht sein. Sie ließ sich geräuschlos zu Boden gleiten und robbte näher an die Jungen heran. Jetzt trennten sie höchstens noch zehn Meter von ihnen. Die Unterhaltung war klar zu verstehen.

Fabian und seine Freunde freuten sich diebisch, dass sie den Heimleiter hinters Licht geführt hatten. Sie amüsierten sich königlich über ihren gelungenen Streich: Die Mitternachtsparty hatte nie stattgefunden, sondern war nur erfunden worden, um Fabians nächtliches Verschwinden aus dem Camp zu decken. Alle Mädchen und Jungen vom Camp Störtebeker hielten zusammen.

Auf Lennys Armen bildete sich eine Gänsehaut. So war das also gewesen! Sie hatte es ja gewusst! Sie musste so schnell wie möglich nach Hause und ihren Eltern von dem belauschten Gespräch erzählen. Diesmal würden sie ihr glauben müssen. Lautlos trat sie den Rückzug an. Und dann wieherte Lumpi.

Der schrille Laut fuhr nicht nur Lenny in die Glieder. Die drei Jungen am Teich erstarrten. Hoch oben in den Bäumen verstummte das Gezwitscher der Vögel. Lumpi wieherte noch einmal. Er fühlte sich einsam und obendrein war er hungrig. Das zweite Wiehern löste den Bann.

Lenny sprang mit einem Satz auf die Füße.

Es war ihr egal, dass die Jungen am Ufer sie sahen. Für einen winzigen Moment kreuzten sich ihr und Fabians Blick. Dann raste sie wie gehetzt zu ihrem Pferd zurück.

Es dauerte einen Augenblick, bis sich die Jungen von ihrer Überraschung erholt hatten. Fabian war der Einzige, der Lenny erkannt hatte. In seinem Kopf überstürzten sich die Gedanken. Was wollte das Mädchen hier? Warum spionierte es ihnen nach? Und dann durchfuhr ihn ein heißer Schreck: Was hatte Lenny gehört? Und welche Schlüsse zog sie daraus? Fabian warf seine Angel achtlos auf den Boden und sprang auf.

»Ihr nach!«, schrie er mit sich überschlagender Stimme. »Los! Fangt sie! Sie darf nicht entkommen!«

Die drei Jungen nahmen die Verfolgung auf. Rufend und schreiend stürmten sie durch das Unterholz hinter Lenny her.

DIE SCHLINGE ZIEHT SICH ZU

Lennys Vorsprung war beträchtlich. Aber ihr zitterten die Hände, als sie versuchte die Zügel zu lösen. Verdammt noch mal, warum hatte sie sie so fest an dem Ast verknotet? Oben in den Bäumen zwitscherten die Vögel plötzlich, was das Zeug hielt. Da, endlich! Die Zügel waren frei. Lenny warf sie Lumpi über Kopf und Hals. Nichts wie weg. Und dann waren die drei Verfolger heran. Lumpi erschrak, wich aufgeregt schnaubend zurück.

»Halt, hier geblieben!«, schrie Fabian und griff in die Zügel.

Kai und Stefan stürzten sich auf Lenny. Das Mädchen ging zu Boden. Zwei Paar Hände rissen es unsanft hoch.

Stefan drehte Lenny gekonnt den Arm auf den Rücken. »Wir haben sie«, verkündete er stolz. »Was nun?« Erwartungsvoll sah er Fabian an.

»Lass sie los«, sagte der Junge und wartete, bis sein Befehl ausgeführt war. Dann ging er lässig auf Lenny zu und fragte: »Was machst du hier? Warum schnüffelst du uns nach?«

Lenny wich seinem Blick aus und rieb sich den schmerzenden Arm. »Ich habe euch nicht nachgeschnüffelt«, sagte sie trotzig. »Ich bin ganz zufällig hier. Und nun lasst mich durch. Ich muss nach Hause.« Sie machte einen Schritt auf Lumpi zu.

»Nicht so schnell«, mahnte Fabian und hielt sie mit beiden Händen an den Schultern fest. »Erst sagst du uns, was du gehört hast. Dann kannst du gehen.« Er lachte spöttisch, als Lenny versuchte sich seinem Griff zu entwinden. »Nicht mit mir, du halbe Portion. Los, sag, was hast du gehört!«

»Nichts. Gar nichts«, log Lenny verzweifelt. »Überhaupt nichts. Ich schwör's.« Sie sah gehetzt von einem zum anderen und das

Herz rutschte ihr einige Etagen tiefer. Die Jungen waren alle viel größer als sie. Und viel kräftiger. Und sie betrachteten sie mit einer Mischung aus Hohn und Mitleid.

Ganz plötzlich wurde Lenny wütend. »Okay. Ich hab euch belauscht«, gab sie unumwunden zu. »Ich weiß, dass ihr gelogen habt.« Sie holte tief Luft. Und dann ging der Zorn mit ihr durch. »Und ihr seid auch noch so blöd einen Tierquäler zu decken, ihr Idioten!«, fuhr sie Stefan und Kai an. »Was ist so komisch daran, Pferde aus der Koppel zu lassen, sie mit Steinen zu bewerfen oder ihnen die Schweife abzuschneiden?«

Sie wand sich wie ein Aal in Fabians Händen. »Lass mich los, du blöder Hammel«, zeterte sie und trat dem Jungen voll gegen das Schienbein.

»Au«, machte Fabian und nahm Lenny vorsichtshalber in den Schwitzkasten. »Hör auf so rumzuzappeln«, befahl er streng. »Du bist total auf dem falschen Dampfer. Wir ...

ich habe den Pferden nichts getan. Jetzt hör doch mal zu.« Er verstärkte den Druck auf Lennys Hals, bis das Mädchen stillstand. »Na bitte.« Fabian lockerte die Umklammerung. »Setz dich.« Er stupste sie an. Mehr war nicht nötig. Lenny klappte kraftlos zusammen. »Und nun hör genau zu.«

Lenny hörte zu. Ihr blieb gar nichts anderes übrig. Die drei Jungen hockten eng um sie herum auf dem Waldboden. Eine Flucht war unmöglich. Gegen eine solche Übermacht kam man nicht an. Es dauerte ein Weilchen, bis sie begriff, was Fabian, Kai und Stefan ihr erzählten.

»Ein Pferdeschänder?«, fragte sie schließlich mit großen Augen. »Ganz ehrlich?« Dann zuckte sie zusammen. Kai hatte ihr einen derben Rippenstoß versetzt.

»Logisch ehrlich«, sagte er streng. »Glaubst du vielleicht immer noch, dass wir lügen?«

Lenny schüttelte hastig den Kopf. Nein. Natürlich glaubte sie das nicht mehr. Dafür hatte sie zu viel erfahren. Es war ihr jetzt direkt peinlich, dass sie Fabian verdächtigt hatte. Mit ihrer Menschenkenntnis schien es doch nicht so weit her zu sein. Lenny bemühte sich um Wiedergutmachung. Bereitwillig beantwortete sie Fabians Fragen.

»Nein, es gibt niemanden, der uns hasst«, sagte sie schließlich. »Jedenfalls fällt mir niemand ein.« Sie dachte angestrengt nach. Zwischen ihren Augenbrauen bildete sich eine steile Falte. »Nein, wirklich niemand.« Entschuldigend sah sie Fabian an.

Der Junge grinste. »Wir werden den Täter trotzdem finden«, sagte er zuversichtlich und stand auf. »Von jetzt an halten wir zusammen. Wir treffen uns Punkt zwölf Uhr nachts an eurer Koppel. Abgemacht?«

Er hielt Lenny die Hand hin und das Mädchen schlug ein. »Abgemacht.« Auch Kai und Stefan reichten ihr zum Abschied die Hand. Alle drei begleiteten sie zu ihrem Pferd.

»Und zu niemandem ein Wort«, mahnte Fabian, als Lenny schließlich wieder auf Lumpis Rücken saß.

»Ich schweige wie ein Grab«, versprach Lenny und nahm die Zügel auf. »Bis nachher dann!« Grüßend hob sie die Hand und ritt quer durch den Wald davon.

Als sie eine Stunde später zu Hause ankam, war die Polizei da. Lennys Vater hatte sie gerufen. Auch ihm war der Gedanke gekommen, dass er es mit einem Pferdeschänder zu tun haben könnte.

Die beiden Beamten nahmen gerade den »Tatort«, sprich: die Koppel, in Augenschein. Sie grinsten, als sie die schweiflosen Pferde erblickten.

»Ist das alles, was passiert ist?«, fragte der Ältere der beiden etwas ungehalten und Lennys Vater wurde rot.

»Was heißt hier ›alles‹?«, polterte er los. »Ist das vielleicht nicht genug? Ich habe Sie doch telefonisch über die jüngsten Vorfälle informiert. Also tun Sie etwas!«

»Was denn?«, fragte der zweite Beamte vorwurfsvoll und zog sich damit Frau Kohls Ärger zu.

»Wie wär's, wenn Sie die Koppel bewachten«, schlug sie spitz vor und sprach damit ihrem Mann aus der Seele.

Lenny hielt die Luft an. Das fehlte noch! Ausgerechnet jetzt, wo sie und die anderen den Pferdeschänder fangen wollten, musste die Polizei auftauchen. Sie atmete verstohlen auf, als der Vorschlag ihrer Mutter abgeschmettert wurde.

»Für eine Bewachung rund um die Uhr haben wir nicht genug Personal«, brummte der Ältere und empfahl Lennys Vater, die Pferde nachts im Stall einzuschließen. Sein Gesicht wurde lang, als er erfuhr, dass kein Stall vorhanden war, sondern nur der Unterstand auf der Koppel. Und den konnte man nicht verschließen.

»Tja, nun.« Die beiden Polizisten zuckten mit den Achseln. »Da kann man nichts machen«, sagte der Jüngere lahm und sein Kollege meinte hoffnungsvoll, es würde schon nichts mehr passieren. Das Ganze sei ohnehin nur grober Unfug gewesen. Und dann hatten es beide plötzlich sehr eilig.

Die drei Kohls sahen zu, wie die Beamten in ihren Streifenwagen stiegen und davonfuhren. »Um alles muss man sich selbst kümmern«, murrte Lennys Vater ungehalten. »Werde ich also die nächsten Nächte selbst Wache schieben.« Er hatte keine Ahnung, dass er mit dieser Bemerkung das Herz seiner Tochter zu einem Purzelbaum veranlasste. Jedenfalls fühlte es sich so an.

Aber da schüttelte Lennys Mutter schon entschieden den Kopf. »Es hat keinen Sinn, sich die Nächte um die Ohren zu schlagen«, sagte sie bestimmt. »Schließlich müssen wir arbeiten. Und außerdem glaube ich jetzt selbst, dass die Polizisten Recht haben. Das

Ganze sieht wirklich nach grobem Unfug aus.«

Lennys Herz schlug wieder normal.

Am frühen Abend begann es zu regnen. Der Sommer schien eine Pause einzulegen. Lenny fröstelte, als sie nach dem Füttern der Pferde ins Haus kam. Sie zog sich ein Sweatshirt über.

Nach dem Essen saß sie mit den Eltern im Wohnzimmer zusammen und spielte Karten. Aber sie war unkonzentriert. Ihre Mutter vermutete, dass der lange Ritt sie überanstrengt hatte. »Geht es dir nicht gut?«, fragte sie einmal. Lenny versicherte ihr hastig, dass es ihr ausgezeichnet ginge. Frau Kohl zog skeptisch die Augenbrauen hoch. Es wunderte sie nicht im Geringsten, dass ihre Tochter um kurz vor zehn Uhr freiwillig das Feld räumte. »Ich sehe später noch einmal nach dir«, meinte sie freundlich. Lenny unterdrückte mit äußerster Willenskraft ein verräterisches Stöhnen.

Angezogen lag sie in ihrem Bett und lauschte auf die Geräusche im Haus. Es war dunkel im Zimmer. Die Zeiger und Ziffern des Weckers schimmerten in gespenstischem Grün. Die Zeit schlich dahin. Hoffentlich kam die Mutter bald.

Lenny dachte an das bevorstehende Abenteuer. Sie malte es sich in den tollsten Farben aus und sah sich als kühne Heldin. Den Gedanken, dass der Pferdeschänder vielleicht gar nicht auftauchen würde, verscheuchte sie. Er war gestern Nacht gekommen, also würde er das auch heute tun. Er musste einfach kommen! Und dann würden sie, Fabian und die anderen …

Lenny sog scharf die Luft ein. Was war, wenn ihr Plan misslang? Angenommen, sie kamen nicht nahe genug an den Mann heran, um ihn zu Fall zu bringen und zu überwältigen? Dann würde der Kerl erneut entwischen. Zwar waren sie diesmal zu viert, aber trotzdem. Der Mann war schnell …

Draußen im Flur hörte sie ihren Vater die

Haustür verschließen und in Richtung Schlafzimmer gehen. Lenny sah auf ihren Wecker. Eine halbe Stunde bis Mitternacht. Verdammt. Die Zeit wurde knapp. Minuten später dann die verstohlenen Schritte der Mutter. Lenny zog sich die Bettdecke bis ans Kinn und versuchte ruhig und tief zu atmen. Leise wurde die Klinke ihrer Zimmertür heruntergedrückt. Mattes Licht drang in den Raum. Lenny linste zwischen halb geschlossenen Lidern zur geöffneten Tür.

Die Silhouette ihrer Mutter hob sich tiefschwarz gegen das Licht im Flur ab. Sie stand reglos und lauschte. Der kurze Moment erschien Lenny wie eine Ewigkeit. Dann wurde die Tür vorsichtig geschlossen. Kurz darauf knackte der Lichtschalter im Flur. Noch einmal leise Schritte.

Lenny schlug die Bettdecke zurück, schlüpfte in ihre Schuhe und schlich auf Zehenspitzen zum Fenster. Sie hatte es schon vorher geöffnet. Lautlos schwang der Flügel zurück.

Lenny kletterte ins Freie und zog das Fenster so gut es ging hinter sich zu. Es regnete immer noch. Im Schutz der Büsche lief sie geduckt hinüber zur Scheune und holte Lumpis Sattel und Zaumzeug. Noch einmal würde der Pferdeschänder sie nicht austricksen!

Unterdrückt pfiff sie nach ihrem Pferd. Der Fuchswallach kam ans Gatter getrabt. Lenny sattelte und trenste ihn in fliegender Hast auf, führte ihn aus der Koppel, schloss das Gatter und schwang sich auf seinen Rücken. Wenig später hielt sie im Schatten der Scheune an. Von hier aus hatte sie einen guten Überblick.

Lenny starrte in die Dunkelheit, bis ihr die Augen tränten. Wo blieben Fabian, Kai und Stefan? Von fern hörte sie die Warnemünder Kirchturmglocken zwölfmal schlagen. Der Regen ließ nach. Dafür frischte der Wind auf. Von den Jungen keine Spur.

TREIBJAGD

Im Camp Störtebeker war es an diesem Abend wegen der Filmvorführung spät geworden. Der Heimleiter und die Betreuer gingen von Blockhaus zu Blockhaus und wünschten den Bewohnerinnen eine gute Nacht. Anschließend kamen die Jungen in ihren Zelten dran.

»Gute Nacht«, murmelte Fabian gekonnt schläfrig und auch Kai und Stefan mimten einen auf todmüde. Herr Leiser war beruhigt. Er war ein erfahrener Heimleiter. Trotzdem hatte er nicht gemerkt, dass einer der Schlafsäcke in den vergangenen Nächten ausgestopft gewesen war. In dieser Nacht würden es drei Schlafsäcke sein!

Kaum waren Herr Leiser und die Betreuer verschwunden, machten sich die Jungen an die Arbeit. Es dauerte nicht lange, bis die

Säcke mit Kleidungsstücken voll gestopft waren. Fabian, Kai und Stefan verließen das Zelt. Ungesehen kamen sie aus dem Camp heraus. Hintereinander rannten sie den breiten Forstweg entlang. Aus dem Blattwerk der Bäume fielen dicke schwere Regentropfen auf sie nieder. Fabian schüttelte sich, als ihm einer im Nacken landete.

»Mistwetter«, knurrte er. »Hoffentlich kommt der Kerl überhaupt.«

Am Waldrand trennten sie sich. Stefans Aufgabe war es, unten am Strand Wache zu halten und dem Pferdeschänder von dort zum Postillion zu folgen. Vorausgesetzt, der Mann kam vom Strand.

Kai bezog Posten am Waldrand. Er blieb also, wo er war, und hatte die gleiche Aufgabe wie Stefan. Falls der Täter aus dem Wald kam, sollte er ihm folgen. Fabian würde sich erneut in einem Gebüsch bei der Koppel verstecken und dort mit Lenny zusammentreffen. Vier Augen sahen mehr als zwei.

Aber Lenny kam nicht. Fabian hatte keine Ahnung, dass sie ihn beobachtete, als er in einem Gebüsch nahe der Koppel verschwand. Er vermutete, dass es Lenny nicht gelungen war, heimlich das Haus zu verlassen. Vielleicht hatte sie es auch mit der Angst zu tun bekommen? Fabian kannte Lenny noch nicht besonders gut.

Lenny hatte keine Angst. Aber sie rechnete jederzeit mit dem Auftauchen des Pferdeschänders und wollte ihre sichere Deckung im Schutz der Scheune nicht aufgeben.

Stefan hockte zu dieser Zeit bereits unten am Strand in einer Sandburg. Mit beiden Händen buddelte er ein Loch in den kunstvoll aufgetürmten Sandwall, um Strand und Mole überblicken zu können. Dann harrte er der Dinge, die da kommen würden. Seine Geduld wurde auf eine harte Probe gestellt. Weder auf der Mole noch am Strand oder in den Dünen tat sich etwas. Keine Menschenseele weit und breit. Keine Möwe, kein Nichts. Es war elend langweilig, hier unten Wache zu schieben. Und außerdem war es verdammt windig, kalt und nass. Stefan beneidete Fabian und Kai, die es vermutlich besser getroffen hatten. An Lenny verschwendete er keinen Gedanken. In regelmäßigen Abständen sah er auf seine Armbanduhr. Um zwölf Uhr zwanzig hörte der Regen auf. Zehn Minuten später kam der Mann die Mole entlanggeradelt.

Stefan duckte sich und beobachtete ihn gespannt. Der Fremde hielt an, stieg ab und lehnte das Rad gegen einen Laternenpfahl. Er war zu weit entfernt, als dass Stefan sein Gesicht hätte erkennen können. Wenig später sah er ihn oben auf dem Kamm der Dünen entlanglaufen. Der Mann schien es eilig zu haben. Ohne nach rechts oder links zu blicken, schlug er den Weg zum Postillion ein.

Stefan wartete, bis er hinter den Dünen verschwunden war. Dann schlich er dem Fremden nach, immer darauf gefasst, in einen Hinterhalt zu geraten.

Kai lehnte unterdessen bequem mit dem Rücken an einem Baumstamm am Waldesrand. Er hatte die Taschen voller Gummibärchen und kaute ununterbrochen. Eine ganze Zeit lang beobachtete er zwei Kaninchen – oder waren es Hasen? –, die nur wenige Meter vor ihm im Gras herumhoppelten. Sein Vorrat an Proviant war beträchtlich zusammengeschmolzen, als er den Mann den Weg vom Strand her kommen sah.

Kai verbarg sich hinter dem Baum. Angespannt lauschte er. Dann endlich leise, verstohlene Schritte. Wenig später war der Unbekannte gleichauf mit ihm. Kai hielt den Atem an. Mindestens eine Minute lang. Dann linste er vorsichtig hinter dem Stamm hervor. Der Fremde bog in den Feldweg zum Postillion ein.

Kai brauchte nicht lange auf Stefan zu warten. Die Jungen nickten sich kurz zu und suchten Deckung im Kornfeld. Die prallen Ähren waren mit Regenwasser voll gesogen und hingen tief herab. Kai und Stefan mussten geduckt weiterschleichen. Schon bald waren sie patschnass. Immer wieder lugten sie über das Getreide hinweg und hielten Ausschau nach dem Mann. Unbeirrt strebte der Fremde der Koppel zu.

Lenny rutschte unruhig im Sattel hin und her. Sie hasste Untätigkeit. Und Geduld war auch nicht gerade ihre Stärke. Außerdem war ihr kalt. Das Sweatshirt klebte regennass an ihrem Körper. Sie rieb sich gerade die klammen Finger an Lumpis warmem Hals, als sie weit hinten auf dem Feldweg einen Schatten auftauchen sah. Lenny hielt den Atem an und kniff die Augen zusammen, um ein schärferes Bild zu bekommen.

Eine Bewegung drüben im Gebüsch an der Koppel zeigte ihr, dass auch Fabian den Unbekannten entdeckt hatte. Lenny packte die Zügel fester. Jetzt ging's los. Sie hätte fast aufgeschrien, als Kai und Stefan kurz die Köpfe aus dem Getreidefeld hervorstreckten und wieder verschwanden. An die beiden Jungen hatte sie überhaupt nicht mehr gedacht. Das kurze Aufflammen eines Streichholzes oder Feuerzeugs auf dem Feldweg lenkte sie ab.

Der Fremde war stehen geblieben, um sich eine Zigarette, Pfeife oder Zigarre anzuzünden. Was er rauchte, war auf diese Entfernung nicht zu erkennen. Dann ging er langsam weiter. In regelmäßigen Abständen leuchtete die Glut in der Dunkelheit hellrot auf. Der Mann kam näher und näher. Schließlich blieb er bei der Koppel stehen.

Die Zigarettenglut leuchtete noch einmal hell in der Dunkelheit auf und fiel dann im Bogen verblassend zu Boden. Der Mann drehte sich einmal um die eigene Achse und neigte lauschend den Kopf. Eine ganze Zeit lang stand er reglos im Wind.

Für einen Augenblick gaben die Wolken den Mond frei. Lenny sah die beiden Jungen – Stefan und Kai – keine zehn Meter von dem

Mann entfernt im Getreidefeld hocken. Fabian lag jetzt nahe der Koppel flach auf dem Bauch. Vom Pferderücken aus hatte man einen guten Überblick.

Der Unbekannte sah zum Himmel hinauf. Irgendetwas an seiner Haltung kam Lenny vage bekannt vor. Dann ging er raschen Schrittes auf das Gatter zu. In der Hand hielt er eine prall gefüllte, große Plastiktüte. Sie schimmerte weißlich im Mondschein.

Der Mann blieb neben den Futtertrögen stehen und entleerte den Inhalt der Tüte. Es klickerte und klapperte leise. Dann holte er ein flaches Päckchen aus seiner Jackentasche und zog vorsichtig etwas aus ihm hervor. Ein kurzes silbriges Aufblitzen und der Gegenstand fiel in den ersten Futtertrog.

Die Pferde, die den Mann aus sicherer Entfernung mit gespitzten Ohren beobachteten, kamen neugierig näher.

»Ja, ja, kommt nur«, flüsterte der Unbekannte und kicherte hämisch.

Auf Fabians bloßen Armen bildete sich eine Gänsehaut. Drüben im Feld sahen Stefan und Kai sich fragend an. Abwarten oder losschlagen? Das war hier die Frage. Und dann nahm Lenny ihnen die Entscheidung ab.

Wie eine Spukgestalt lösten sie und Lumpi sich aus dem Schattendunkel der Scheune. Dumpfes Dröhnen der Hufe auf dem regenschweren Boden. Der Fuchswallach preschte mit mächtigen Sätzen auf den Mann an der Koppel zu. Wild flatterten Mähne und Schweif im Mondlicht.

Der Mann stand wie vom Donner gerührt. Sprachlos starrte er der Erscheinung entgegen. Päckchen und Plastiktüte entglitten seinen Händen.

Und dann erkannte Lenny ihn. »Didi!«, rief sie überrascht.

»Halt, stehen bleiben oder ich schieße!« Fabian sprang auf. Vor Aufregung überschlug sich seine Stimme. Scheiß Stimmbruch!

Stefan und Kai schrien ebenfalls: »Halt,

stehen bleiben!«, und stürmten aus dem Getreidefeld hervor. Sie taten, als hielten sie Pistolen in den Händen. Aber der Mann an der Koppel ließ sich nicht bluffen.

»Aus dem Weg!«, brüllte er und versetzte Fabian, der ihm am nächsten war, einen heftigen Stoß vor die Brust. Der Junge taumelte zurück und krachte gegen den Koppelzaun. Die Pferde erschraken und galoppierten davon.

Kai hechtete auf den Mann zu, um ihn zu Fall zu bringen. In Kriminalfilmen klappte diese Methode immer. In der Wirklichkeit leider nicht. Der Mann wich ihm geschmeidig aus und ergriff die Flucht. Kai ging zu Boden.

Stefan war viel zu verdutzt, um in das Geschehen einzugreifen. Und ein bisschen Angst hatte er auch. Außerdem ging alles so rasend schnell.

Lenny und Lumpi nahmen die Verfolgung auf. Der Fuchswallach stürmte über den unebenen Feldweg dahin. Dass es dunkel war, machte ihm nichts aus. Pferde können gut in

der Dunkelheit sehen. Schon nach wenigen Metern hatten sie den Flüchtenden eingeholt. Der Mann wirbelte herum, wie ein in die Enge getriebenes Tier.

»Kommt mir ja nicht zu nahe«, warnte er schwer atmend und blieb mit drohend erhobenen Fäusten stehen.

Lenny lachte spöttisch auf. »Klopf keine Sprüche, Didi«, sagte sie verächtlich. »Du kannst weder mir noch Lumpi etwas tun. Los, zurück zum Haus. Meine Eltern werden sich freuen dich zu sehen.«

Der Mann zuckte bei ihren Worten zusammen und ließ die Fäuste sinken. Mit hängenden Armen stand er da. Er kannte Lennys Eltern. Schließlich hatte er zwei Monate lang als Pferdepfleger im Postillion gearbeitet.

Wie er diesen Job gehasst hatte! Der Kohl und sein ständiges: »Tu dies, tu das!« Und stets hatte er was an seiner Arbeit auszusetzen gehabt. Mal waren ihm die Pferde nicht sauber genug geputzt gewesen, mal der Unterstand auf der Koppel nicht ordentlich genug ausgemistet. Dann das Gemeckere, als er eines Morgens vergessen hatte die Pferde zu füttern. Der Aufstand, als er die Viecher nicht getränkt hatte. Ewig war der Kohl unzufrieden gewesen. Didi hatte nie verstanden, warum sich Lennys Vater so aufregte. Schließlich waren Pferde nur Tiere. Stinkende noch dazu! Und dann hatte Herr Kohl ihn entlassen! Von einem Tag auf den anderen! Didi war arbeitslos geworden. Deswegen hatte er Rache geschworen. Und jetzt steckte er in der Klemme. Eine rettende Idee schoss ihm durch den Kopf. Er griff nach dem Strohhalm.

»Hör auf mit dem Unfug«, brauste er auf. »Was willst du überhaupt von mir?« Er mimte einen auf empört und ungerecht verdächtigt. »Ich mache einen harmlosen Spaziergang an eurer Koppel vorbei und du greifst mich an. Das ist eine Frechheit. Wenn ich das deinen Eltern erzähle …«

Lenny winkte ab. »Vorwärts«, sagte sie

drohend und dirigierte Lumpi hinter ihn. Didi gab sich geschlagen. Das Spiel war aus. Das Mädchen hatte zu viel gesehen.

Die drei Jungen warteten mit ernsten Gesichtern an der Koppel. Fabian hielt Lenny schweigend eine Rasierklinge hin. Sie glitzerte tückisch im Mondlicht. Der Junge hatte sie im Futtertrog gefunden. Das Päckchen enthielt weitere Klingen. Im Plastikbeutel war Kraftfutter gewesen.

Lenny rieselte ein eisiger Schauer über den Rücken. Sie waren gerade noch rechtzeitig gekommen. Nicht auszudenken, wenn die Pferde das Futter gefressen hätten ... und die Klingen.

Kohls Nachtruhe wurde durch anhaltendes Klingeln an der Haustür gestört. Kai läutete Sturm.

Lennys Vater fiel vor Schreck fast aus dem Bett. Seine Frau rannte vor ihm zur Haustür und schloss auf. Sprachlos starrte sie auf die kleine Versammlung im Hof. Dann drängte ihr Mann sich an ihr vorbei.

»Was, zum Donnerwetter, ist hier los?«, fragte er ungehalten und rieb sich die Augen.

Lenny, Fabian, Kai und Stefan redeten wild auf ihn ein. Jeder versuchte den anderen zu übertönen. »Wir haben Didi auf frischer Tat ertappt!«, schrie Lenny triumphierend.

»Er hat den Pferden Rasierklingen in den Futtertrog geworfen!« Fabians Stimme überschlug sich mal wieder. Kai rief nach der Polizei und Stefan brüllte was von falschen Verdächtigungen und Pferdeschändern. Didi scharrte verlegen mit dem rechten Fuß über den Boden und Lumpi prustete aufgeregt durch die Nüstern.

»Ruhe!«, donnerte Lennys Vater in das Tohuwabohu hinein. Er hatte eine gewaltige Stimme. Schlagartig verstummten die vier. Didi hörte auf mit dem Fuß zu scharren und Lumpi trat drei Schritte zurück. »Und jetzt: der Reihe nach«, ordnete Herr Kohl an.

Fabian, Kai und Stefan überließen es Lenny, die ganze Geschichte zu erzählen. Schließlich war es ihr – und Lumpi! – zu verdanken, dass Didi geschnappt worden war.

Lennys Eltern riefen die Polizei. Wenig später nahmen zwei Beamte Didi in Gewahrsam. Lenny und die Jungen mussten noch einmal berichten. Alles, was sie sagten, wurde protokolliert.

Um drei Uhr morgens brachte Lennys Vater die drei Jungen mit dem Auto zum Camp Störtebeker zurück. Heimleiter Leiser quollen fast die Augen aus dem Kopf, als Fabian, Kai und Stefan aus dem Auto stiegen.

Herr Kohl trug viel dazu bei, dass es diesmal keinen Ärger gab. Herr Leiser lächelte sogar. »Ab in die Betten mit euch«, sagte er nur, und Fabian, Kai und Stefan rannten wie die Hasen davon.

Das Abenteuer war zu Ende.

Gisela Kautz wollte als Kind eigentlich Zirkusreiterin werden. Heute lebt sie als Diplomübersetzerin und freie Schriftstellerin mit ihrer Familie bei Schweinfurt. Ihrer Liebe zu Pferden ist sie allerdings immer treu geblieben: Sie ist selbst aktive Reiterin und Besitzerin des bronzenen und silbernen Reitabzeichens.

Von Gisela Kautz bei Thienemann u. a. bereits erschienen:

Viel Wirbel um ein Pferd
Ein Ausritt mit Folgen
Ein schwieriger Patient
Ein Ziel vor Augen
Der Turniersieg
Dixie – Das Texasfohlen
Dixie – Der geborene Filmstar
Dixie – Die Ausreißerin
Eine Chance für Barbara
Komm zurück, Arabella
Ali Baba und die vier Räuber
Überraschung um Mitternacht

Kautz, Gisela:
Pferde in Gefahr
ISBN 3 522 17423 2

Einband- und Innenillustrationen: Stephanie Wagner
Einbandtypografie: Michael Kimmerle
Schrift: Sabon Roman/Quartet/ITC Kabel BP
Satz: KCS GmbH, Buchholz/Hamburg
Reproduktion: immedia 23, Stuttgart, und Die Repro, Tamm
Druck und Bindung: Friedrich Pustet, Regensburg

6 5 4 3 2* 01 02 03 04

Thienemann im Internet: www.thienemann.de

LESEPROBE

»Ali Baba und die vier Räuber«
von Gisela Kautz
aus der Reihe Thienemanns Buchpiraten

Die Zuschauer hielten den Atem an. Der Höhepunkt des Auftritts stand bevor. Das Spotlight erlosch. Aus der Zirkuskuppel wurden an dünnen Nylonseilen zwei brennende Fackeln herabgelassen. Sarah behielt sie im Auge, während Ali Baba Runde um Runde galoppierte und über die Hindernisse hinwegsetzte. Dass es fast dunkel im Zelt war, störte den Hengst nicht. Pferde können in der Dunkelheit gut sehen.

Es klappte erstklassig. Sarah erwischte die beiden Fackeln beim ersten Versuch, zog sie aus ihren Halterungen und ließ sie seitlich des Körpers in Achten kreisen. Das sah toll aus und kostete sie keine Mühe. Zeit genug, um sich auf den doppelten Salto vom Pferderücken hinunter vorzubereiten. Jetzt kam es nur noch auf perfektes Timing an. Genau in dem Augenblick, in dem sie sich von Ali Babas Rücken abdrückte, würde das Licht aufflammen. Etliche Male war das schon geprobt worden.

Die Panflöten setzten ein. Gleichzeitig verloschen die Fackeln. Sarah ließ sie in die Arena fallen. Jetzt ging es um die Wurst.

Sarah zwang sich zur Ruhe. Einundsechzig, zweiundsechzig, dreiundsechzig ... Und dann der Trompetenstoß. Jawohl. Sie war genau in der Zeit. Kraftvoll stieß sie sich von Ali Babas Rücken ab, wirbelte durch die Luft und landete sicher auf ihren Füßen im weichen Manegensand.

Geschafft! Sarah war glücklich. In der Manier der Kunstturnerinnen riss sie die Arme hoch, lächelte und warf Kusshände in die Runde. Erst dann wurde ihr bewusst, dass tiefe Dunkelheit herrschte. Und atemlose Stille. Keine Musik. Kein Mucks von den Zuschauern. Sarah verstand nicht. – Eine Minute später brach der Tumult los.

»Licht! Macht doch endlich Licht!« Die Zuschauer hatten begriffen, dass die anhaltende Dunkelheit kein Zirkuseffekt war. Aus zahllosen Kehlen erscholl der Ruf nach Helligkeit.

Dann plötzlich Hilfeschreie, erregtes Stimmengewirr. Irgendwo, weit oben auf den Rängen, wurde ein Feuerzeug entzündet. Dann ein zweites, ein drittes. Im schwachen Schein der kleinen Flammen strebten die Zuschauer den Ausgängen zu. Flüche, Gepolter, Geschrei und immer wieder der Ruf nach Licht waren zu hören.

Auch auf den Logenplätzen entsannen sich die Raucher ihrer Feuerzeuge. Da ihnen der Weg zu den oberen Ausgängen durch die Zuschauermassen versperrt war, wählten sie den kürzeren Weg durch die Manege. Eine Flut schattenhafter Gestalten und hin und her tanzender Lichtpunkte bewegte sich auf die Arena zu.

Sarah fuhr der Schreck eisig in die Glieder. Ali Baba mochte keine fremden Menschen! Aus dem Stand schwang sie sich auf seinen Rücken. Kam dem Hengst jemand zu nahe, schlug er aus oder er biss. Und wenn man ihm die Chance gab, tat er auch beides!

»Raus hier!«, rief sie ihm zu und klopfte ihm auffordernd mit den Fersen in die Seiten. Der kleine Schimmel trabte augenblicklich an, dem Samtvorhang entgegen. Sarah war dankbar, dass er weit offen stand. Hinter ihr drängten schreiende Menschen hinaus in die sternklare Nacht.